ÂNCORAS

sobrevivendo ao naufrágio
emocional causado pelo luto

MÁRCIA SCURCIATTO

Labrador

© Márcia Scurciatto, 2025
Todos os direitos desta edição reservados à Editora Labrador.

Coordenação editorial Pamela J. Oliveira
Assistência editorial Leticia Oliveira, Vanessa Nagayoshi
Direção de arte e projeto gráfico Amanda Chagas
Capa Taís Lago
Diagramação Emily Macedo Santos
Preparação de texto Iracy Borges
Revisão Jacob Paes

Dados Internacionais de Catalogação na Publicação (CIP)
Jéssica de Oliveira Molinari - CRB-8/9852

Scurciatto, Márcia
  Âncoras : sobrevivendo ao naufrágio emocional causado pelo luto / Márcia Scurciatto.
  São Paulo : Labrador, 2025.
  176 p.

  ISBN 978-65-5625-784-6

  1. Luto 2. Superação 3. Espiritualidade 4. Autoconhecimento I. Título

24-5669   CDD 158.1

Índice para catálogo sistemático:
1. Luto

Labrador

Diretor-geral Daniel Pinsky
Rua Dr. José Elias, 520, sala 1
Alto da Lapa | 05083-030 | São Paulo | SP
editoralabrador.com.br | (11) 3641-7446
contato@editoralabrador.com.br

A reprodução de qualquer parte desta obra é ilegal e configura uma apropriação indevida dos direitos intelectuais e patrimoniais da autora. A editora não é responsável pelo conteúdo deste livro. A autora conhece os fatos narrados, pelos quais é responsável, assim como se responsabiliza pelos juízos emitidos.

Agradeço a este paraíso chamado Peruíbe, por ter me acolhido em um dos momentos mais desafiadores da minha vida, e a todos que me inspiraram na publicação deste livro. Glória a Deus.

Porque metade de mim é mar,
a outra, eu não sei.

Este livro é dedicado a Wilson Gomes Barbosa Junior, meu amado Ju (*in memoriam*).

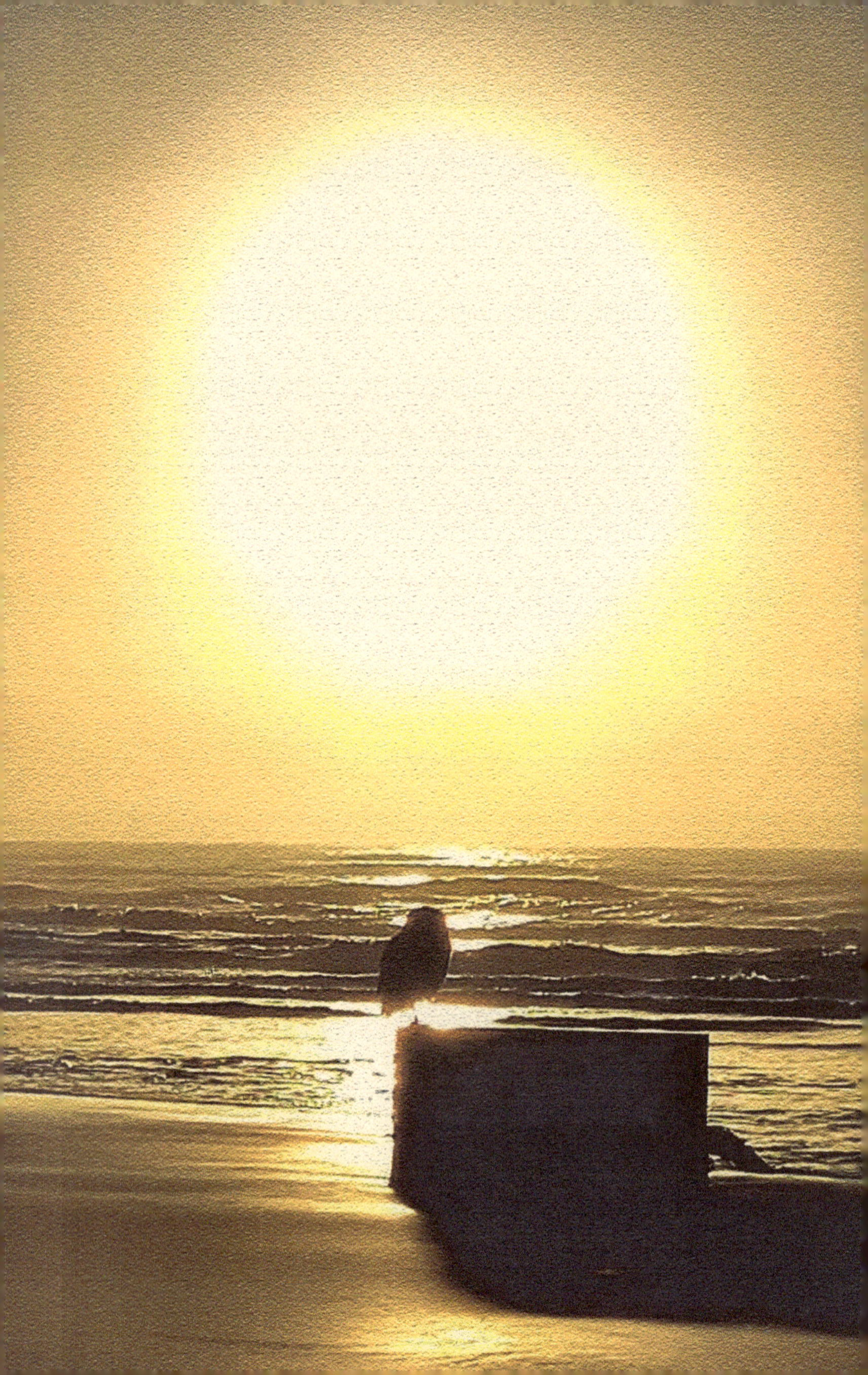

··········⚓··········

Este livro relata minhas experiências neste santuário conhecido como Praia das Ruínas, em Peruíbe, no litoral sul de São Paulo, onde tenho aprendido a ressignificar minha vida após a noite de 18 de dezembro de 2023.

Sempre achei que as pessoas deveriam ser proibidas de partir no mês de dezembro, porque é o mês das festas de Natal, que tanto amo, das esperanças e promessas do Ano-Novo, do meu aniversário.

Poderia incluir também outras datas comemorativas como Dia dos Pais, das Mães, aniversários, dias especiais. O que me parece é que a morte não respeita calendários.

Sempre digo que o mar foi meu chão depois que o Ju partiu.

Tudo que está relatado nas próximas páginas faz parte das inspirações que recebi nas minhas longas caminhadas solitárias pela praia deserta.

Acredito que Deus nos orienta na paz e no silêncio, talvez por isso a natureza seja tão propícia para nos reconectarmos com nossa melhor parte.

Convido você, se tiver oportunidade, a passar alguns dias aqui e confirmar minha tese de que este mar é sábio, acolhedor, amigo e transformador.

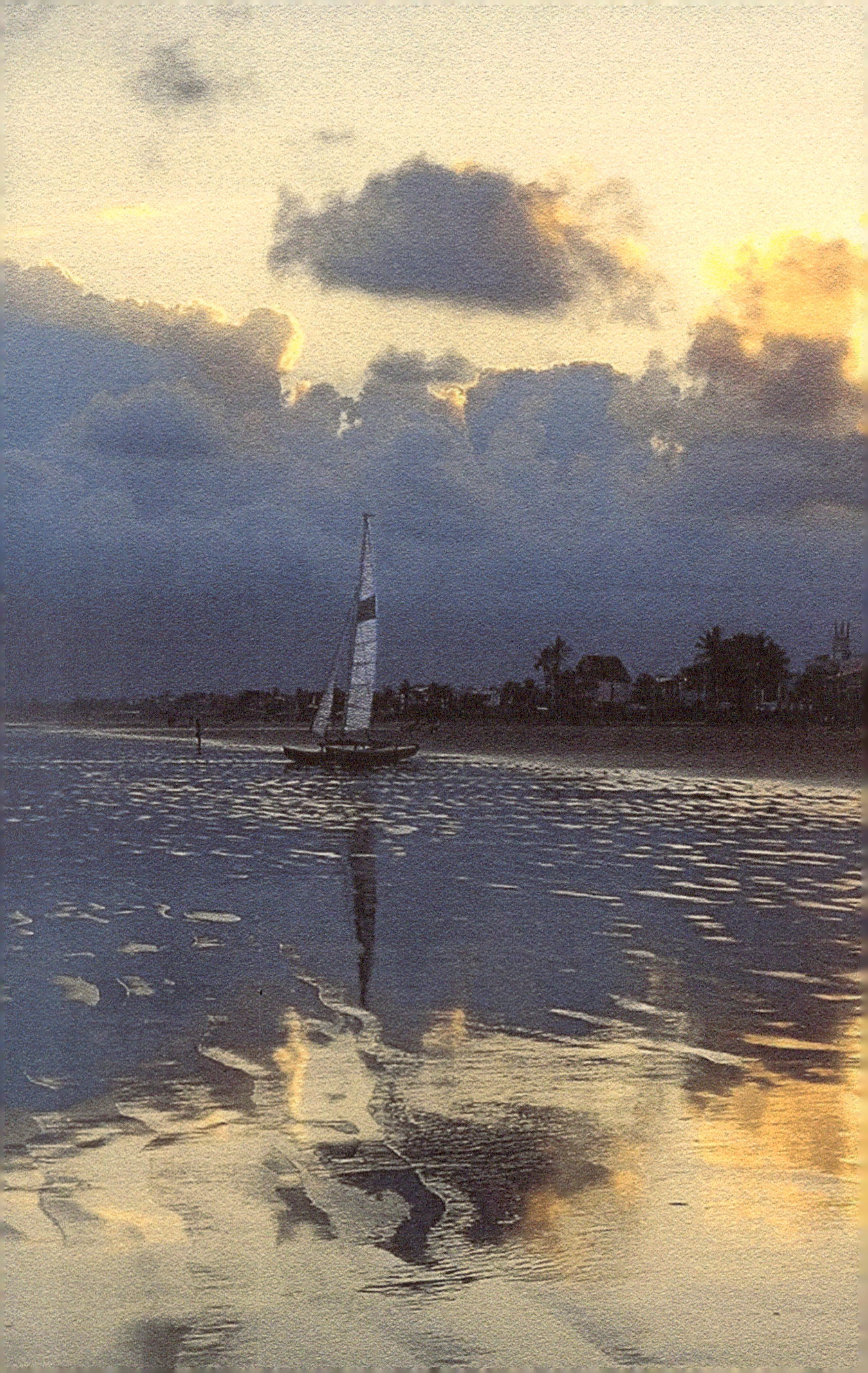

À deriva

Como um barco à deriva, sem direção,
olho para o mar e não encontro um porto seguro.
Então travo minha âncora, a ilusão de segurança.
Meus olhos buscam respostas no céu,
mas quem pode explicar a morte?
Choro para acalmar meu coração, mas sei que isso não traz soluções,
apenas um breve consolo.
E como um pássaro que não pode mais cantar,
sou só silêncio.
Espero o sol nascer para, quem sabe,
trazer algo novo para a minha existência
neste grande oceano sem fim.
Eu, que busquei tantos destinos,
e muitos nem saíram dos mapas,
envelhecidos pelo tempo.
Quisera estar num deles agora,
será que da deriva me salvariam?
Onde errei para chegar até aqui?
Ou será que acertei?
O que há de tão certo que não consigo perceber?
Por que ainda creio que só o caminho da felicidade é o correto?
E se não, qual o objetivo desta viagem?
Sentir-me perdida e só fazer parte deste projeto?
As ondas me balançam numa inconstância que temo não aceitar.
Busco um ponto fixo, único,
no horizonte para me orientar,
mas é inútil.
Mesmo em terra firme, hoje sou do mar.

⚓

— Márcia? Márcia? — insistiu.
— Oi. Me desculpe, não tinha ouvido.
— Está na hora — ela alerta.
— Meu Deus! — digo, enxugando as lágrimas.
— Todos estão te esperando.
— Eu vim aqui e nem percebi o tempo passar.
— Eu sei, você veio para ver o mar....
— É. A impressão que eu tenho é de que quando olho para a linha do horizonte todo esse pesadelo desaparece, minha mente silencia por alguns segundos, mas não vou poder olhar para o horizonte a vida inteira, não é mesmo? Já estou indo.

Ela me abraça carinhosamente e diz:
— Eu sinto muito, minha querida.
— Eu sei. Um dia um amigo me disse que a imensidão do mar e a força que o sustenta mostram a grandeza, o amor que Deus sente por nós. E que essa força que impede as ondas de avançarem é a mesma que faz nossos corações pulsarem.
— Verdade... mas temos que ir, minha amiga.

Como é difícil retornar para aquela sala!
Revejo alguns amigos, os poucos que conseguiram vir, afinal, praticamente todos os mais próximos são de Jundiaí e São Paulo.

Os bancos vazios me mostram que ninguém da minha família apareceu; tudo foi tão inesperado para todos nós!

Os filhos do Ju, que me acompanharam na última semana antes da sua morte, se posicionam ao lado do caixão, me acolhendo com carinho. Acho que sem eles eu não teria conseguido. Eles são um pedacinho do Ju que insisto em ter por perto.

No meio da sala, o corpo daquele que eu amei até os últimos segundos. Porém, não era o meu Ju, com sua alegria e sua voz marcante, e sim uma imagem, que, mesmo inerte, me trazia muitas lembranças.

No canto da sala, uma coroa de flores com a frase "te amamos". Sempre amei as flores, mas para mim aquelas não tinham vida, brilho nem beleza.

Seguro as mãos que um dia tocaram meu corpo, passearam pelos meus cabelos, mãos que insistiam em me segurar quando eu ia atravessar uma rua. Quantas vezes disse que não precisava, e só Deus sabe o quanto preciso agora.

Observo a cicatriz na mão esquerda, causada por um acidente, da qual ele às vezes reclamava.

Delineio seu perfil com meu dedo indicador, como tantas vezes o fiz; tinha essa irritante mania. Eu amava o seu rosto e até mesmo o nariz, que um dia foi quebrado. Amava cada imperfeição sua, tão perfeita para mim!

Como a vida faz falta!

Choro não só pelo amor que estou deixando partir, pelo que vivemos e construímos juntos, mas por tudo o que a gente não fez, pelo que nem tivemos chance de viver, de sonhar, de realizar. Como me disse sua filha Stephany: "é o fim de todas as possibilidades". O fim das grandes e pequenas coisas, como a promessa de amanhecer juntos ou o grito vindo do banheiro: "Amor, esqueci a toalha".

Como dói perder muito mais que um amor, perder um amigo, um psicólogo, um cabeleireiro, um conselheiro de moda, um cozinheiro, o matador de baratas, como ele vivia dizendo.

Quem vai me colocar para dormir todas as noites? Quem vai fazer piadas quando eu estiver ansiosa? Quem vai falar com carinho: "Já te disse hoje que te amo?"? Quem vai me abraçar quando eu pensar em desistir? Quem vai olhar para minha roupa nova e dizer: "Você está linda!"?

Como vou conviver com tantas lacunas na minha vida?

O funcionário da funerária interrompe meus pensamentos, trazendo vagarosamente a tampa do caixão, como tantas vezes já o fez. Uma porta fechada, lacrada para sempre.

E isso é tempo demais.

De todas as portas que se fecharam na minha vida, essa é a mais doída.

Um turbilhão de emoções e lembranças se intercalam com o vazio; um vazio tão vasto que parece que nada neste mundo vai conseguir preenchê-lo a partir deste dia.

Como um mar em ressaca, as lágrimas se recolhem, precedendo uma grande tempestade interior que passei a sentir a partir daquele instante.

Um último beijo, o último de tantos. Declaro-me num som quase inaudível: "Te amo, para sempre!".

Meu ímpeto é ficar abraçada com a única coisa que me restou do Ju. Dizer adeus a quem se ama é uma tarefa nada fácil, mas não tem outro jeito.

Meus passos são densos, incertos, enquanto carrego uma das alças do caixão, como quem é obrigado a devolver seu bem mais precioso.

Imploro a Deus que me tire daquele pesadelo, mas o concreto do túmulo não me deixa dúvidas.

Aconteceu.

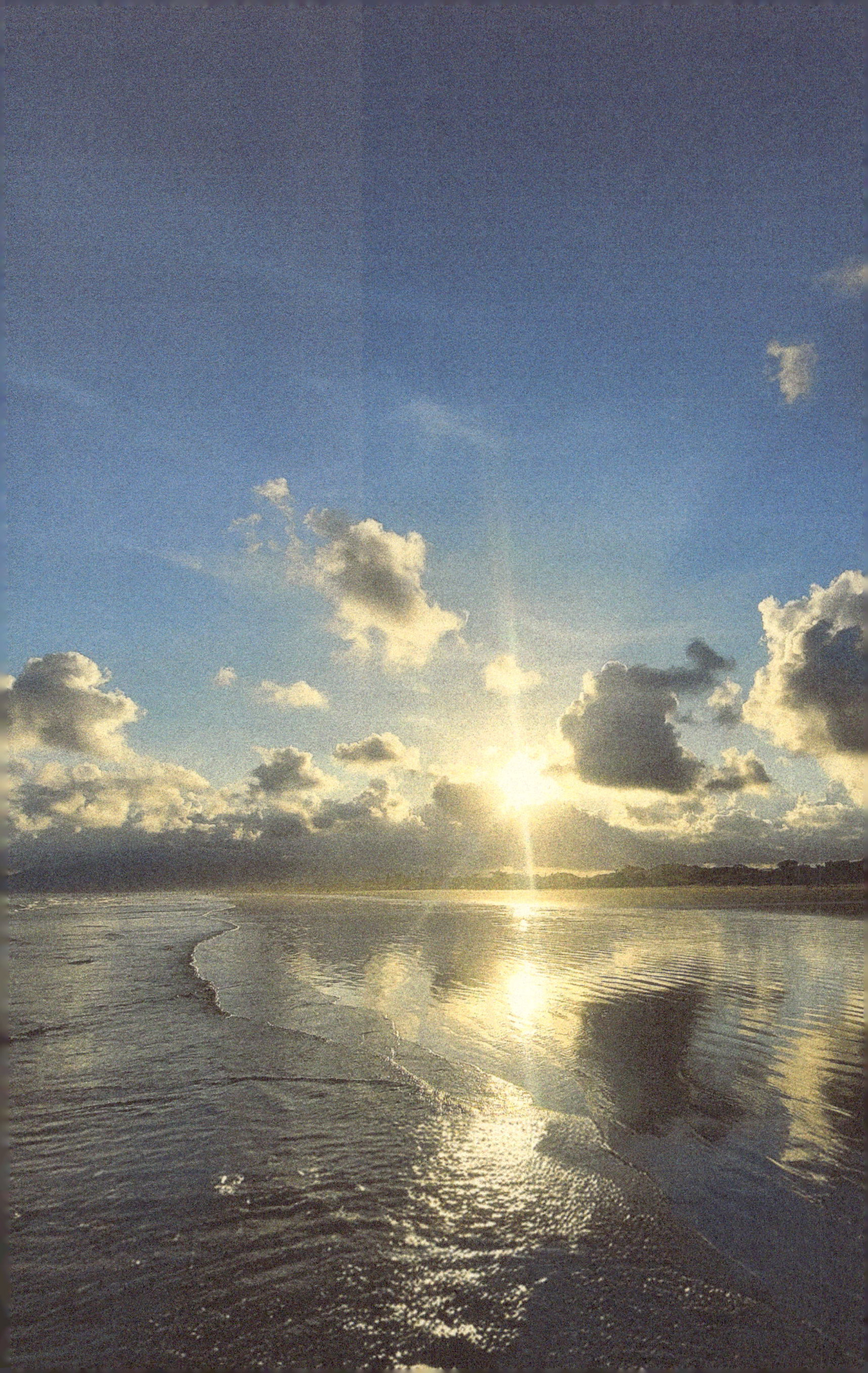

Vazio

Queria dizer tantas coisas,
mas as lágrimas tomam o lugar das palavras.
Sempre digo que estou bem,
porque para mim estar bem é seguir em frente,
mesmo com o peito doído,
o nó engasgado na garganta.
Tento preencher o vazio impreenchível,
talvez fosse melhor não tentar fazê-lo.
Melhor aprender a conviver com meus espaços,
minhas frestas tão densas
que me levam ao passado que não existe mais.
Tento recuperar quem eu sou,
mas minhas referências me remetem a quem eu costumava ser.
Resta um espaço frio,
indecifrável,
que inevitavelmente me empurra para frente,
onde ainda não vejo as esperanças que tanto defendo.
Quem sabe um dia
a dor dê lugar a uma saudade,
doce, suave.
Até lá, ainda escondo meus lamentos
em poesias mal-acabadas,
sem versos ou rimas.

Respeite seu momento

Há um longo caminho a trilhar

Após o enterro, parece que, por um instante de misericórdia, minha mente me trouxe um pouco de paz.

Dizem que, depois de uma grande dor ou desconforto, o cérebro descarrega hormônios de bem-estar para nos equilibrar.

Sentia uma paz estranha, diferente, nunca sentida. Não era aquela paz que traz prazer, mas um vazio existencial, como se o tempo tivesse parado de repente. A mente em um silêncio gélido, estranho, escuro até.

É certo que a partir daquele dia eu teria que me acostumar com o novo — um novo jeito de viver, de sentir, uma nova forma de olhar para as coisas e para as outras pessoas, de olhar para mim mesma.

Parei num quiosque para tomar uma água de coco com um casal de amigos e fiquei observando tudo ao meu redor.

O som alto de pagode vindo do quiosque ao lado, os carros passando pela orla da praia, as pessoas sorrindo, crianças brincando. Tudo parecia normal, mas não para mim.

A vida não para pra gente sofrer.

O mundo seguia seu curso, totalmente indiferente ao meu sentimento de perda, à minha dor, porque a morte não interrompe o processo ininterrupto da Criação. Quem sabe só para nos dizer que devemos seguir em frente, acompanhando o fluxo da vida. Uma vida inconstante, que faz questão de esfregar na nossa cara que nada é para sempre e que a eternidade é só uma crença que cultivamos na espiritualidade, a eternidade da nossa essência, não da matéria, na qual também acredito.

Precisamos crer em alguma coisa que dê significado a tantas nuances da nossa existência, para nos trazer uma certa sanidade.

Não é possível que tudo nos leve ao nada e que essa sempre será nossa constante busca, por propósito e finalidade.

Para ressignificar a dor, esse processo que faz parte desta longa trajetória de aprendizado, precisamos passar impreterivelmente pela aceitação de que tudo é finito e tem um prazo determinado.

Ciclos se abrem e se fecham, e o que tem início inevitavelmente um dia terá fim.

Fechamentos, embora muitas vezes tão doloridos, são necessários e fazem parte do mundo da matéria, onde estamos inseridos. E o para sempre realmente significa até o dia que acabar.

Compreender isso talvez seja muito difícil num primeiro momento, mas em alguma parte da recuperação precisaremos retomar essa questão.

Aceitar os acontecimentos e, consequentemente, a morte, não quer dizer cair nas armadilhas do vitimismo ou da depressão, mas sim, em primeiro lugar, acolher e afagar os próprios sentimentos com amor.

A saudade vai apertar, o processo de desapego vai doer e, num primeiro momento, não há nada a ser feito a não ser aceitar.

Viver o luto é muitas vezes "chorar até cansar", como dizia o compositor Vander Lee, respeitar o tempo necessário de desconstrução e reconstrução da realidade, das rotinas, dos hábitos, dos arrependimentos, das possibilidades já não possíveis, dos sonhos não vividos e daqueles nem sonhados.

Conversei com muitas esposas e companheiras viúvas, antes de redigir este livro, e todas concordaram comigo que deixar ir é percorrer esse longo caminho, nem sempre fácil, mas possível.

Algumas se perguntavam: "Mas o que é deixar ir? Ir o que, se o que era já foi, e jamais voltará, pelo menos neste plano? E se foi para não voltar, por que então teria vindo?".

São tantos questionamentos que somente o tempo pode responder. Ou talvez nem ele, mas existe um caminho já traçado por muitas mulheres guerreiras que encontraram uma forma única de sobreviver ao caos gerado pelo luto.

Algumas pessoas me perguntavam qual era o segredo da minha serenidade naquele momento.

Nunca existiu um segredo.

Às vezes chorava até doer os olhos, acolhia minha tristeza e estava tudo bem.

Fazia uma oração, lavava meu rosto e partia para as minhas tarefas indelegáveis.

Aprendi que não devemos lutar contra os sentimentos, só acolhê-los, deixá-los vir, ficar por um tempo e ir, como dizia o dr. David Hawkins, autor do livro *Deixar ir*.

Permitir-se ficar triste, com raiva ou medo, em alguns momentos é normal; o que não é interessante é deixar que esses sentimentos nos impeçam de viver nossa vida.

E se houver algum segredo, acredito que seja procurar estar presente, oferecendo nosso melhor para as pessoas, para o mundo.

Isso é uma escolha e é o que faz a nossa vida continuar valendo a pena.

Outro dia vi uma live da Mayse Braga no Instagram. Ela comentou que Chico Xavier contou que, de vez em quando, se sentava sozinho para chorar, e seu mentor Emmanuel aguardava. Quando Chico terminava de chorar, Emmanuel perguntava: "Acabou? Lave o rosto e vamos trabalhar".

Há muito trabalho a fazer no luto, e não são só as questões materiais, que tantas vezes se avolumam; em alguns casos existe a responsabilidade com os filhos, organização financeira e da nossa rotina, sem falar dos aspectos emocionais, a ressignificação dos sentimentos que afloram e da nossa própria vida.

Na teoria parece perfeito, mas sabemos que representa um grande desafio na prática; é bom que tenhamos consciência disso e principalmente a seriedade necessária para o vencermos.

Muitas sugestões que você irá ler aqui vão requerer disciplina e paciência, mas acredite, eu consegui e nunca fui tão aplicada em disciplina, na verdade acho que nem em paciência.

Não acredito que exista um caminho tão simples para enfrentar o luto, é muito provável que qualquer perda em nossa vida vá sempre exigir uma dose a mais de comprometimento.

Às vezes a impressão que temos é de que o passado não é para superar, mas para aprender. E se não fosse assim, por que essas experiências ecoariam em tudo?

Escolher a disposição de acordar todos os dias com um verdadeiro propósito, criar rotinas de autocuidado, estreitar o relacionamento com Deus, com um Poder Superior que você acredita, pode ajudar, e vamos conversar sobre isso no decorrer do livro.

Nem sempre vamos acertar. Para o luto, não existem dias bons e dias ruins, existem momentos bons e outros desafiadores, o tempo todo se intercalando. Num momento nos sentimos bem, e em outro, no mesmo dia, podemos desabar.

Lembro-me das palavras do Ju quando um dia me pediu em casamento: "Haverá dias bons, outros, nem tanto; dias ruins, outros, nem tanto; mas amor em todos eles".

Talvez seja essa a fórmula para quase tudo na nossa vida. Não existem promessas ou garantias de uma vida completamente cor-de-rosa, uma vez que até o mundo de fantasia da Barbie já foi desmoronado nas telas do cinema.

Ter atitudes de proatividade, mesmo que enxugando as lágrimas, ainda será melhor do que não as ter. E não as ter pode significar ver a vida passar tal qual um espectador, imóvel, até que subam os créditos finais.

Lembrar-se de que está passando por um processo, quando a instabilidade é perfeitamente normal, pode nos ajudar a desenvolver a paciência necessária, sem cobranças ou julgamentos.

Ao longo do caminho que vai nos levar à aceitação e ao consolo, algumas, ou várias vezes, podemos nos deparar com sentimentos controversos. Não existe uma fórmula pronta para superar o luto, cada um vai trilhar sua jornada de forma individual, de acordo com sua vivência, seu conhecimento, suas crenças e, principalmente, de acordo com sua fé, de extrema importância nesse processo. É imprescindível saber que nossa busca nunca deve ser pelo que já tivemos, pelo que já sentimos, pelo que já vivemos; essa seria uma batalha perdida.

Nossa busca há de ser por uma nova forma de ser feliz, mesmo que nesses momentos de felicidade ainda teimemos em pensar como seria bom se nosso ente querido estivesse ali conosco.

Escolher ser feliz nem sempre tem a capacidade de mudar nossa realidade, mas sim a forma como a enxergamos. E isso muda tudo.

Aprender a trocar a presença física de quem amamos pela doce lembrança sempre será nosso maior desafio, diário, constante. Isso dificilmente vai ser conseguido de imediato ou nos primeiros meses.

No meu caso, quando um buraco se abriu sob meus pés com a partida do Ju, também se abriram os céus.

Entendi que quando tiram nosso chão é para que aprendamos a voar, e mesmo que nossas asas estejam momentaneamente feridas, existe uma promessa de que, se conseguirmos consertá-las, poderemos ganhar as alturas de novos sonhos, jamais imaginados.

Afinal, quando não existe mais aquele chão que pisamos por anos ou décadas, não nos resta outra alternativa a não ser levantar voo.

Por mais que tentemos, não existe mais volta. E quanto mais rápido aceitarmos isso, mais aceleraremos o processo de readaptação.

Talvez a morte seja a maior dor de um cérebro que está totalmente programado para fazer, ver e sentir as mesmas coisas, compartilhar, cuidar e ser cuidado, amar e ser amado.

Quem sou eu sem a presença de quem eu amo? Quais minhas referências depois de tanto tempo vivendo a dois, quando o que *eu* gosto já se diluiu muitas vezes no que *nós* gostamos? Como preencher os vazios não só emocionais, mas físicos? O espaço já marcado na cama, o canto preferido do sofá, a cadeira vazia na mesa de jantar?

Como é não ouvir mais o ronco que um dia incomodou, o som do portão se abrindo na chegada do trabalho, a voz chamando nosso nome, o barulho das panelas de alguém cozinhando no meio da noite?

É quando o sonho de um controle remoto só para nós se transforma na indiferença, porque qualquer coisa serve, já que não prestamos atenção na tela, tão focadas que estamos nos nossos "e se" e nas nossas lembranças, ainda tão doloridas.

Aprender ou reaprender a ficar só será sempre nosso grande desafio, porque a solidão com muitas lembranças é doída.

Durante muito tempo ainda teremos a impressão de que faltam algumas coisas no nosso espaço. A casa ficou vazia e ao mesmo tempo tão grande que só conseguimos preenchê-la com memórias.

No dia seguinte, separei as coisas do Ju para doar — roupas, sapatos, objetos pessoais. Sempre ouvi dizer que era interessante aguardar sete dias para fazê-lo, mas os filhos do Ju — Stephany e Thiago —, que moram no Rio Grande do Sul, estavam aqui e me auxiliaram com essa difícil tarefa. Talvez sozinha eu não tivesse conseguido. Isso porque, mais uma vez, queremos nos agarrar a alguma coisa para nos sentirmos próximas de quem partiu.

Guardei um perfume e uma camiseta. Muitas vezes essas foram as únicas coisas que me trouxeram conforto. Borrifava o perfume na camiseta do Ju e dormia abraçada a ela, como um cachorrinho que sente a falta do dono.

Por isso, minha sugestão é que você não siga regras, decida você mesma se deve ou não se desfazer das coisas do seu ente querido, e quando isso deve ser feito. Simplesmente respeite seu tempo e deixe claro que as outras pessoas também devem respeitá-lo.

Sua recuperação é única, não a compare com a de ninguém.

É comum nossos familiares e amigos desejarem auxiliar, mas, acredite, a única forma de ajudar nesse momento é estar presente com amor e acolhimento, mesmo que lhes faltem as palavras.

Aliás, palavras nem sempre confortam, só mesmo o tempo, sábio companheiro, é capaz de colocar as lembranças em um lugar menos dolorido.

Isso parece meio improvável nos primeiros dias ou meses, mas, acredite, um dia você fará parte desse grupo de mulheres que prosseguiram com suas vidas e hoje podem compartilhar suas experiências e vitórias.

· · · · · · · · ·

Respeito meu momento,
sem expectativas ou cobranças.
Sei que tudo faz parte
deste processo.

· · · · · · · · ·

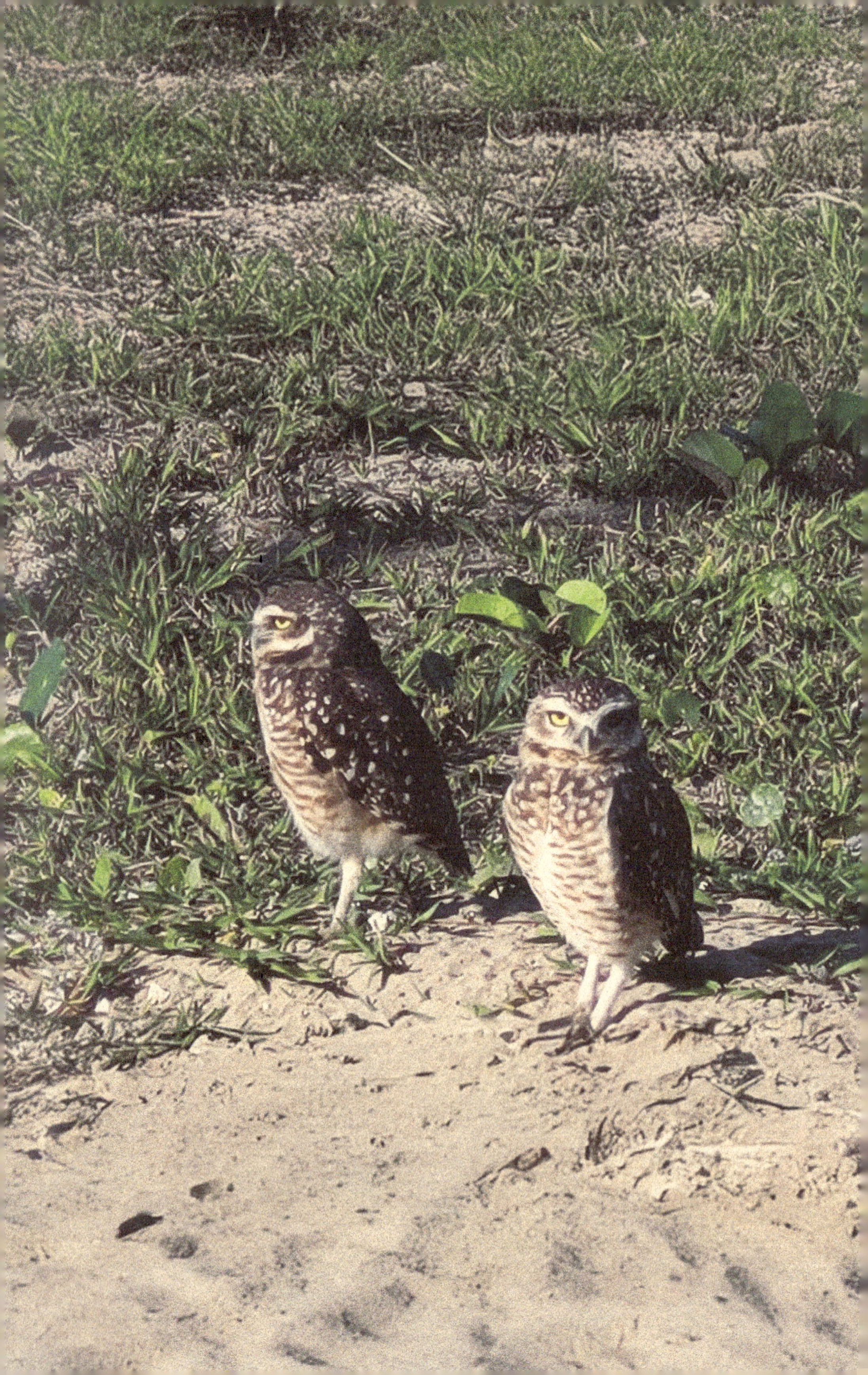

Para sempre

Olho para o cais,
por um breve momento,
enquanto a porta se fecha,
contrariando meu intento.
Entre lembranças tão reais
que alimentam meu tormento,
a esperança se anexa,
em vão,
entorpecendo minha mente.
Até nunca mais?
Não.
Simplesmente para sempre.

E se...

A maneira que encontramos para acreditar que temos o poder de mudar tudo

Muitas pessoas que perderam seus entes queridos são unânimes em dizer que até hoje pensam nos infinitos "e se" e suas possibilidades. Eu também passei por esse árduo processo.

Ficamos nos perguntando como seria se fizéssemos isso, disséssemos aquilo... É uma luta insana contra os acontecimentos que não têm mais retorno.

Lembro-me do filme *Cartas para Julieta*, em que a personagem Sophie escreveu na carta para Claire que os "e se" podem nos assombrar a vida toda. E se não tomarmos cuidado, podem mesmo.

A verdade é que achamos que podemos controlar as coisas, até mesmo a morte, mas é certo que não.

Quando renunciamos à falsa ilusão de que temos esse controle sobre tudo, percebemos que as coisas sempre estiveram nas mãos de uma força maior que parece tudo saber, além do tempo e do espaço.

No momento da partida do Ju, isso ficou muito claro para mim.

Nós tínhamos tantos planos quando viemos para Peruíbe... planos que me assombraram durante meses. Era doído demais enterrar todos os nossos projetos com ele.

Escolhi acreditar que talvez as nossas vontades não estivessem de acordo com essa vontade maior que permeia todas as coisas; que para tudo existe um propósito, que não partimos nem antes nem depois do tempo programado. Crer nisso me ajudou a superar os "e se" da minha vida.

O que me parece é que a vontade de Deus está acontecendo o tempo todo, e a nós cabe interagir com ela e aceitá-la.

Percebi que ficar na roleta-russa dos "e se" não mudaria em nada a realidade, apenas atormentaria ainda mais minha mente, que naquele momento só precisava de um pouco de paz.

Então... e se simplesmente aceitássemos com serenidade as coisas que não podemos modificar?

Serenidade não quer dizer não sentir dor, e sim parar de guerrear uma batalha perdida contra os mistérios que envolvem a vida e a morte.

Brigar com tudo isso não me deixaria melhor, nem traria meu amor de volta. Eu precisava de alguma coisa que me trouxesse conforto, esperança e fé.

Esta foi a minha primeira oração, a oração da serenidade, que tantas vezes ouvi na linda voz do Ju.

· · · · · · · · ·

> "Pai, concedei-me serenidade para aceitar as coisas que eu não posso modificar, coragem para modificar aquelas que eu posso e sabedoria para reconhecer a diferença."

· · · · · · · · ·

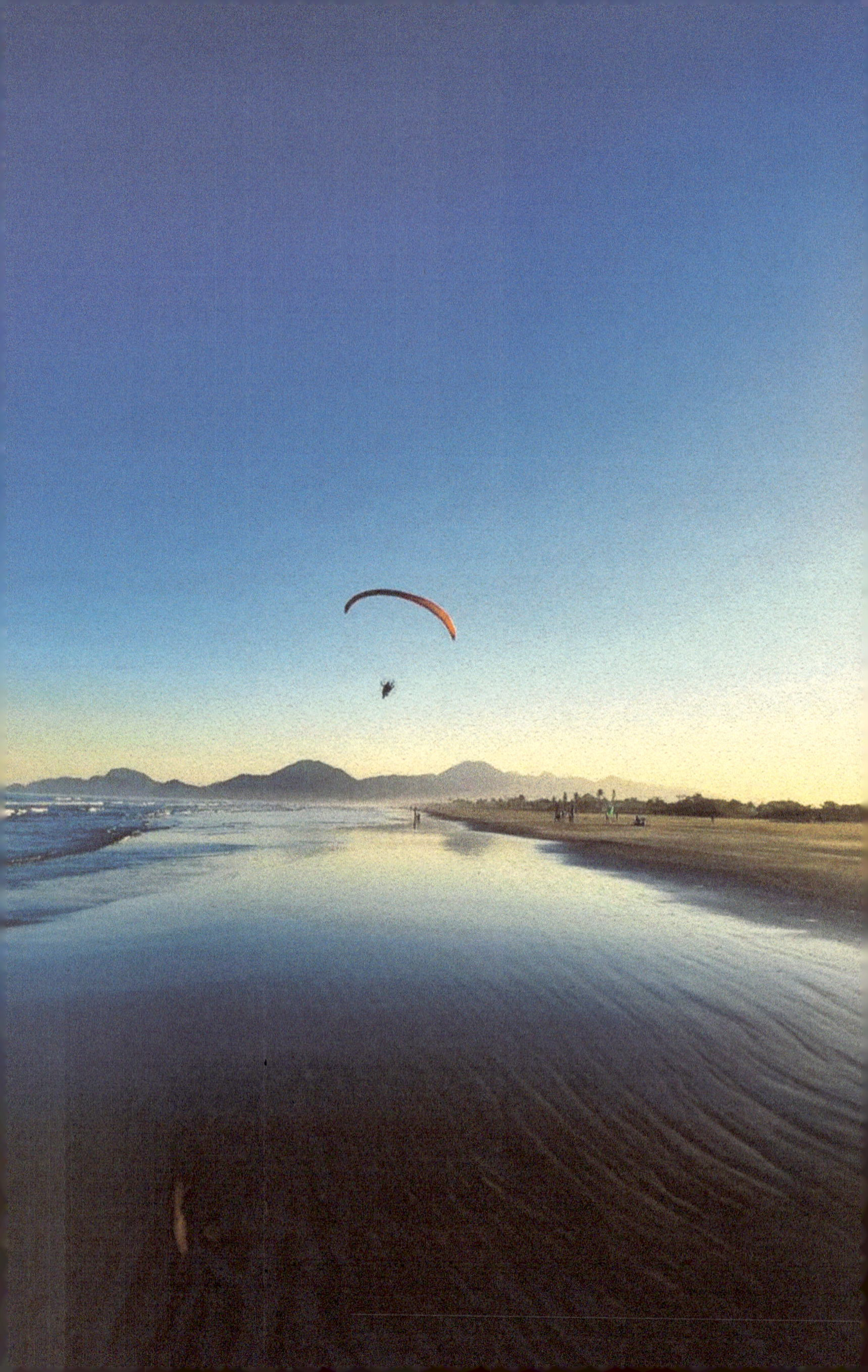

Ida

Existe um som,
um tom,
um não sei o quê
que não esqueço.
Talvez o suspiro
daquele que partiu
sem tempo ao menos
de dizer um adeus.
Existe um sabor,
uma dor,
quem sabe um amor,
nas lembranças que carrego no meu rosto,
reflexo do meu gosto,
que me acompanha por todas as nossas vidas.
Ainda existe uma lembrança,
Oxalá uma esperança
de te encontrar novamente,
em tempo presente,
nem que seja em outra ida.

Contato com um Poder Superior

Um caminho para a fé

Decidi ir à praia todos os dias, às vezes de manhã, às vezes à tarde e muitas vezes de manhã e à tarde.

Era verão e os dias estavam sempre quentes e ensolarados. Uma amiga me disse que o verão ajudou a aquecer minha alma.

Em alguns dias acordava bem cedo e ia assistir ao nascer do sol, quando podia encontrar também as corujas-buraqueiras, tão presentes aqui em Peruíbe.

O mar auxiliava a aquietar a minha mente, embora em muitos momentos eu olhasse para o banco vazio, onde o Ju gostava de se sentar, e imaginasse como seria bom se ele estivesse aqui. A saudade batia forte, como as ondas que invadiam a praia.

O uso de óculos de sol me permitia chorar sem que as outras pessoas pudessem ver, mas independentemente disso eu ainda não tinha amigos por aqui.

Num final de tarde, caminhando na praia, acompanhada de uma pequena gaivota e pensando em como seria minha vida vivendo sozinha, numa casa a dez quilômetros do centro da cidade, comecei a observar tudo à minha volta.

O céu mesclava-se em azul e rosa, contrastando com o azul quase transparente do mar, como uma grande pedra de água-marinha. As montanhas adquiriram um tom violeta que eu só vira na minha paleta de tintas para pintura a óleo. Os raios do sol incidindo na areia, numa grande poça d'água, refletiam as nuvens do céu.

A areia molhada, da cor dos olhos do Ju, aqueles pelos quais me apaixonei na primeira vez que os vi, há muitos anos.

Dizem que a beleza toca nossa alma, e acho que foi isso que aconteceu.

Quando olhei para a vida que me cerca, pensei no amor de quem criou tudo isso, cuidando a cada dia de todos os detalhes, com graça e beleza.

Percebi meu corpo, que trabalha com autonomia e perfeição, controlado por uma força divina que nos traz à Terra e um dia nos recolhe.

Independentemente do luto que eu estava vivendo, de todas as coisas, apesar de tudo, sentia que era amada e acolhida pelo Criador de todo o Universo e pela natureza. E só por esse motivo já vale a pena existir.

Eu me lembro de dizer baixinho, aos prantos: "Deus, me rendo à sua vontade, me ajude a aceitá-la e me mostre o caminho".

Um sentimento de paz tomou conta da minha mente. Eu estava entregando minhas armas, não precisava mais lutar contra nada. Isso ainda não tinha o poder de mudar minha dor da saudade, mas abria as portas para receber a ajuda de que precisava.

A morte nos coloca frente a frente com a fragilidade e finitude da vida e de tudo que conhecemos como material e palpável.

Somente a espiritualidade pode nos devolver a esperança da permanência daquilo que construímos, daqueles que amamos, buscando respostas que mentalmente nunca conseguiríamos obter pelo que vemos fisicamente.

O mar tem sido meu oratório desde que o Ju partiu.

Sei que não existe um lugar especial para conversarmos com nosso Pai, que nos ouve tão amorosamente, mas o mar sempre me remeteu a acolhimento e amor. Paz e serenidade.

Há momentos em nossa vida que não sabemos ao certo o que fazer, então só precisamos continuar, seguir em frente, que Deus e as forças superiores cuidam do restante.

Isso é entrega.

Ainda não podemos ver o que está lá na frente, mas Deus pode.

É nisso que acredito. Por isso é tão complicado questionarmos sua vontade.

É nessa entrega que descansamos daquelas lutas sem sentido, de tantos questionamentos sem respostas, porque confiamos que o melhor está por vir, mesmo que no momento nem acreditemos nesse melhor, porque parece algo tão distante da nossa realidade.

Entregar, confiar, descansar. Quem sabe seja esse o segredo da paz interior que tanto buscamos.

Na espiritualidade estão os motivos que explicam tantas dúvidas que nos assolam. E a morte é uma delas.

A impressão que tenho é de que, enquanto brigamos com nossa realidade, as coisas não fluem e só arrastamos correntes.

A partir do momento que aceitamos o processo pelo qual inevitavelmente teremos que passar, e agradecemos por ele, as portas se abrem para as possibilidades.

Agradeça. Talvez, lá na frente, vá descobrir os motivos pelos quais agradeceu hoje, ou não, devido às limitações da nossa consciência. Sabemos tão pouco da vida e tão pouco da morte! Mas não importa: é como se o universo precisasse do nosso "sim" para seguir em frente conosco, nos apoiando das mais diversas formas, ajeitando, aos poucos, nossas necessidades materiais e emocionais no meio do caminho.

Quando entramos em contato com o Criador de todas as coisas, acreditando que até o incompreensível para nós faz parte de seus desígnios, não diminuímos nossa dor, mas confortamos nossos corações, porque acreditamos que tudo está no seu lugar.

Se a vontade de Deus é boa e agradável, então talvez não estejamos conseguindo enxergar ou entender o que está acontecendo através dela.

E se Deus é bom o tempo todo, algo especial deve estar escondido no que acreditamos ser desafiador.

Dar um voto de confiança à Criação e à vida é o nosso segundo passo.

Lembro-me de uma cena do filme *O homem de aço*, quando um religioso diz para o Super-Homem: "Às vezes é preciso dar um passo na fé. A confiança vem depois".

Gosto muito desta oração que aprendi na Seicho-no-ie para solução de problemas:

"Entrego meus problemas a Deus.

Deus me orienta com sua sabedoria e seu amor infinitos e me conduz para uma vida plena de paz, harmonia, felicidade e prosperidade.

Não sou eu quem resolve este problema.

É Deus quem o resolve. Logo, só pode vir a melhora! Obrigada."

. . . .

A partir de hoje eu aceito a vontade de Deus para a minha vida. Entrego meu caminho a essa força superior que conhece todas as minhas necessidades. Eu acolho o amor de Deus para me consolar e me curar.

. . . .

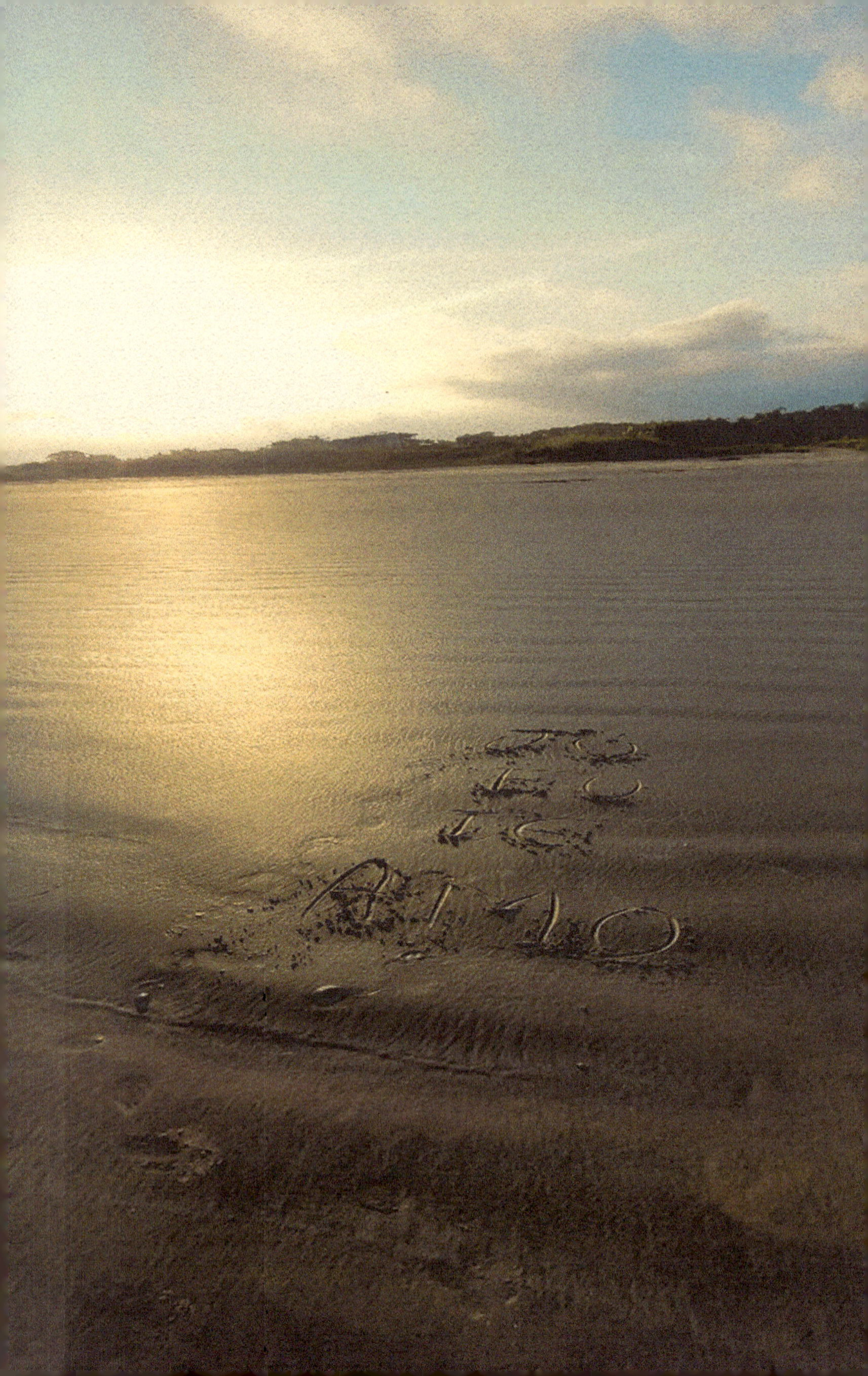

Teu nome

Quisera escrever teu nome nas montanhas,
onde as ondas jamais pudessem apagar.
Doce ilusão...
Como esconder um grande amor
dos eternos mistérios do mar?
Então o escrevo na areia,
onde todos possa encantar.
Sei que as águas podem levá-lo,
um dia,
para longe...
mas a eternidade teu nome
há de gravar,
e cada onda
que percorrer a praia
pode te fazer voltar.

Contato com a natureza

Recarregando as energias

Eu e o Ju nos mudamos para Peruíbe em 10 de outubro de 2023. Desde a primeira vez que pisamos nesta cidade, em 2016, esse sempre foi seu desejo. Sugeri que nos mudássemos para cá em janeiro de 2024, mas ele insistiu tanto que acabei concordando em mudar antes.

Infelizmente os primeiros sinais da doença começaram a aparecer em meados de novembro, e se esperássemos pelo mês de janeiro, provavelmente eu não estaria aqui.

Quando ele faleceu, cheguei a pensar em retornar para Jundiaí, minha cidade natal, e ficar mais próxima da minha família e dos amigos, já que não conhecia ninguém aqui.

Logo encontrei alguns empecilhos. Para começar, nossa casa é alugada e o não cumprimento do contrato acarretaria uma multa que não estava disposta a pagar naquele momento.

Tínhamos nos mudado há dois meses, e pensar em encaixotar tudo de novo, recomeçando a saga de procurar uma nova casa, também parecia fora de questão. Foi quando a corretora de imóveis gentilmente me informou que dispensaria a multa contratual, levando em conta o acontecido, que percebi que alguns empecilhos que arrumei, na verdade, eram meras desculpas para minha decisão de não me mudar.

Honrar a escolha que o Ju fez me parecia uma forma de senti-lo mais próximo. E enquanto eu estivesse aqui, esta seria nossa casa, afinal era o lugar que ele idealizou, muito embora eu me questionasse o tempo todo como poderia ter escolhido um lugar tão distante do centro da cidade, próximo de uma reserva indígena. Tão distante que meu quarteirão nem é asfaltado, nossa casa é a última da rua (parece até nome de filme), antes de chegar a uma mata razoável, e à noite podemos ver vaga-lumes no terreno baldio à frente.

Lembro-me de quando viemos conhecer a casa. Minhas primeiras palavras, antes mesmo de descer do carro, foram: "Amor, não vou morar aqui, não! Olha o mato!".

Ele não contestou, simplesmente foi até o cruzamento das ruas antes do meu citado mato e disse carinhosamente: "Amor, ouve isso...".

Foi naquele momento que parei para escutar os sons da natureza, era uma afinada orquestra de grilos, passarinhos, o som do vento tocando as folhas. Eu me emocionei. E foi assim que fui convencida a me mudar para cá.

Nos primeiros dias o silêncio era denso. Muitas vezes eu havia comentado com o Ju que existem silêncios que nos possibilitam ouvir nossas células se dividindo. Esse parecia ser o caso, mas o tempo, conhecedor de todas as coisas, viria me mostrar que não haveria melhor lugar para eu atravessar esse momento tão desafiador da minha vida.

Quando pensava em desistir, retornava àquele cruzamento e me lembrava da sua doce voz dizendo: "Amor, ouve isso...".

O mar tem sido meu grande parceiro. Dizem tantas coisas sobre ele — que é curador, que nos relaxa, descarrega, que silencia nossa mente —, mas o que mais senti em todo este tempo foi acolhimento.

Sim, eu sempre digo que quando chego à praia e olho para o mar, é como se as ondas fossem milhares de cachorrinhos brancos vindo ao meu encontro, fazendo festa.

Traduzo meu sentimento como "que bom que você veio". É como receber o abraço daquela mãe querida, talvez por isso Iemanjá represente a rainha do mar, que acredito ter me acolhido tantas vezes com seu amor.

Acho que sem a natureza eu também não teria conseguido. Esse contato interior com a Criação ajudou a acalmar minha mente barulhenta e repleta de perguntas. Foi ela que despertou em mim um sentimento de gratidão pela vida e pela beleza que me cerca. Dizem que ser grato é a capacidade de se satisfazer com o presente, e a natureza tem esse poder, de trazer nossa mente para o momento presente, com docilidade e graça.

Descobri que a beleza é um bom antídoto para a tristeza. Apreciar o belo desperta em nós o que temos de melhor, trazendo alívio, mesmo que momentâneo, para o que estamos sentindo.

Aqui estamos cercados de beleza por todos os lados, não só pelo mar, mas também pela extensa vegetação, animais e pássaros que encontramos no nosso dia a dia. Lembro-me de um dia ter visto uma arara voando perto da nossa casa, para mim isso é um milagre da natureza.

Então, se puder lhe dar uma sugestão, tire um tempo para estar mais próximo da natureza. Seja no mar, nas matas, na cachoeira, no campo, não importa. Acredite, ela tem esse poder de resetar nossa mente, nos dando a oportunidade de voltar para nossa parte divina, de fé e coragem. É exatamente olhando para tudo que é criado todos os dias que percebemos o amor que nos rodeia o tempo todo.

Durante nossa vida vamos nos apegando às criações dos homens, numa luta diária por dinheiro e sucesso. Quando olho para a natureza, percebo como a prosperidade impera em tudo, uma infinidade de espécies de todas as classes, o mar, o ar, o sol, tudo é abundante. Só o que o homem criou é tão efêmero e limitado.

O mar tem me ensinado muito sobre a vida. Em maio de 2024 tivemos uma grande ressaca, a paisagem ficou cinza, e a praia, praticamente deserta. Três dias depois, as coisas retornaram ao normal. Os pássaros e as pessoas voltaram a caminhar pela praia, os peixinhos prateados já podiam ser vistos nadando pelas ondas, e as águas finalmente foram retomando seu lugar.

Tempos de ressaca (aqui a liberdade poética refere às nossas ressacas emocionais) requerem respeito, sim; muitas vezes o isolamento necessário para acolhermos sentimentos, redirecionarmos nossos caminhos.

As lembranças dos dias ensolarados, do mar azul e da praia repleta de vida nos ajudam a passar por eles.

Nós sabemos que no mar não há ressaca que dure para sempre. Por que muitas vezes não temos essa certeza quando se trata de nossa vida?

O mar também vive seu luto.

Em minhas caminhadas encontrei uma grande tartaruga e um filhote de golfinho mortos. Tocou meu coração ver as ondas banhando seus corpinhos inertes na praia deserta, mas o mar segue seu curso, afinal existem muitas tartarugas e golfinhos na sua imensidão. Pássaros à beira-mar em busca de alimentos, pessoas à procura de diversão ou simplesmente de paz.

Nós também temos nossos familiares e amigos que ficaram, mas tantas vezes nos esquecemos disso. O mar vem me mostrar que a vida segue. Sempre.

Alguns momentos passaram rápido demais, outros mais pareciam o "dia da marmota" do filme *Feitiço do tempo*, como se eu vivesse um looping temporal. O luto pode causar essa sensação.

Isso me faz imaginar como seria se não existissem relógios. Como marcaríamos o tempo?

Parece-me que só conseguiríamos analisar o tempo que passou baseado nos acontecimentos, pensamentos e sentimentos, por isso essa passagem parece tão pessoal.

O primeiro mês após a partida do Ju pareceu eterno, talvez pela intensidade dos acontecimentos e sentimentos que me afligiam.

Eu e sua filha Stephany até comentávamos que a nossa impressão era de que tínhamos convivido dez anos juntas, embora fosse uma única semana, uma semana triste e complicada, quando o Ju estava em seus últimos dias na UTI.

Então não se surpreenda se no início do luto você tiver a impressão de que não acompanha o calendário, como se estivesse totalmente fora do tempo.

Muitas vezes nos sentimos como numa montanha-russa de emoções e questionamentos, o que pode nos dar a falsa ilusão do tempo do relógio. Se é que ele é real ou fomos nós que nos condicionamos a ele.

Sugiro que aproveite seu tempo aumentando seu contato com a natureza para meditar, orar, buscar orientação. Muitas vezes pedimos orientação para Deus e não esperamos que a resposta possa vir de formas inimagináveis. Por meio de amigos, familiares, um livro, uma live, um estranho no supermercado, a natureza. Tudo pode se transformar num canal de comunicação com o Divino.

A verdade é que o mar não pôde enxugar minhas lágrimas, mas as acolheu. A gaivota, minha companheira de caminhada, não pôde me aconselhar, mas me ouviu atentamente, sem julgamentos. O beija-flor que visitava meu jardim me ensinou sobre leveza e que, se for para gastar minha energia, que seja para irradiar beleza e alegria. A revoada de guarás-vermelhos me fez enxergar que com as pessoas certas vamos mais longe. Os vaga-lumes me ensinaram que para atravessar a completa escuridão basta acender nossa própria luz, vinda muitas vezes do inesperado. As tempestades me mostraram que se formos flexíveis, o vento não vai conseguir nos derrubar. As garças me falaram de graciosidade perante os obstáculos da vida. E as ondas me contaram sobre a impermanência das coisas, que só o mar é perene, assim como a nossa alma.

Quantas vezes escrevi na areia "Eu te amo, Ju", pedindo àquelas mesmas ondas que levassem a mensagem para ele!

A dor pode trazer tantas coisas... dúvidas, medo, revolta, mas a misericórdia de Deus, por meio da natureza, me trouxe fé e poesia. Ainda tenho muito a aprender, sou uma aprendiz, às vezes teimosa, mas a vida tem me forjado não no fogo, e sim na água.

Entrar em contato com essa herança chamada natureza pode nos ajudar a questionar o que é importante para nossa vida. E mais do que isso, resgatar o nosso lugar nela.

·········

Eu entro em contato com a natureza e sinto todo o amor e cuidado que me rodeia.

·········

Ondas

Ondas vêm e vão como pensamentos,
como sentimentos.
Não se apegue.
O que vem com força, em instantes se desfaz.
É a impermanência tão própria do mar,
tão própria da vida.
Apegar-se às formas,
às circunstâncias,
é estar fadado à dor.
Só o mar é perene,
pleno.
Só o Ser é infinito,
pleno.
Observe as ondas do mar,
aprenda com elas.
Não foque o que é efêmero,
mas a eternidade.

Resolver só as pendências mais importantes

A primeira vez que separei os boletos de contas básicas para pagar, após a morte do Ju, tive uma crise de choro inconsolável. Entre eles, o parcelamento das despesas com o enterro, a conta pela qual eu mais chorei, pelo que ela representava para mim.

As filosofias que pregam a prosperidade aconselham a agradecer todos os pagamentos que efetuamos, mas olhar para aquele boleto carregado de emoções controversas e tantas lembranças exigia de mim muito mais do que um sentimento de gratidão.

Nossa vida é pautada por muitos desafios físicos, emocionais, mentais e até espirituais, mas o luto consegue reunir todos eles em um só.

Além de ter que lidar com nossos sentimentos, ainda nos deparamos com coisas práticas para resolver, como aspectos financeiros, por exemplo.

Se você tiver alguém para auxiliá-la nesse momento, será uma forma de compartilhar todas essas responsabilidades. Caso não tenha, separe uma caneta e um caderno ou faça uma planilha em seu computador ou celular e comece a anotar todas as coisas mais importantes. Créditos, débitos, compromissos financeiros e todas aquelas coisas que gostaríamos de não ter que resolver nesse momento tão delicado, mas que não podem esperar por outro mais propício.

Prepare-se para a possibilidade de sentir-se triste e desamparada, independentemente da sua situação financeira. Lembre-se de que a partir de agora tudo precisa se adequar a uma nova realidade e isso requer tempo e paciência.

Em alguns momentos teremos que respirar fundo e invocar a praticidade que necessitamos para resolver nossas pendências.

Faça um inventário de todos os seus compromissos com datas e previsões de término, será mais fácil para seu controle. O que não for urgente, espere o momento mais adequado para resolver. Você já tem coisas demais para lidar neste momento, mas, na medida do possível, tente ir organizando tudo. Quanto menor o número de coisas para resolver, mais você terá tempo e disposição para focar em si mesma.

·········

> Eu confio no Universo. Tudo está resolvido. Peço sabedoria e serenidade para saber como agir em todas as circunstâncias.

·········

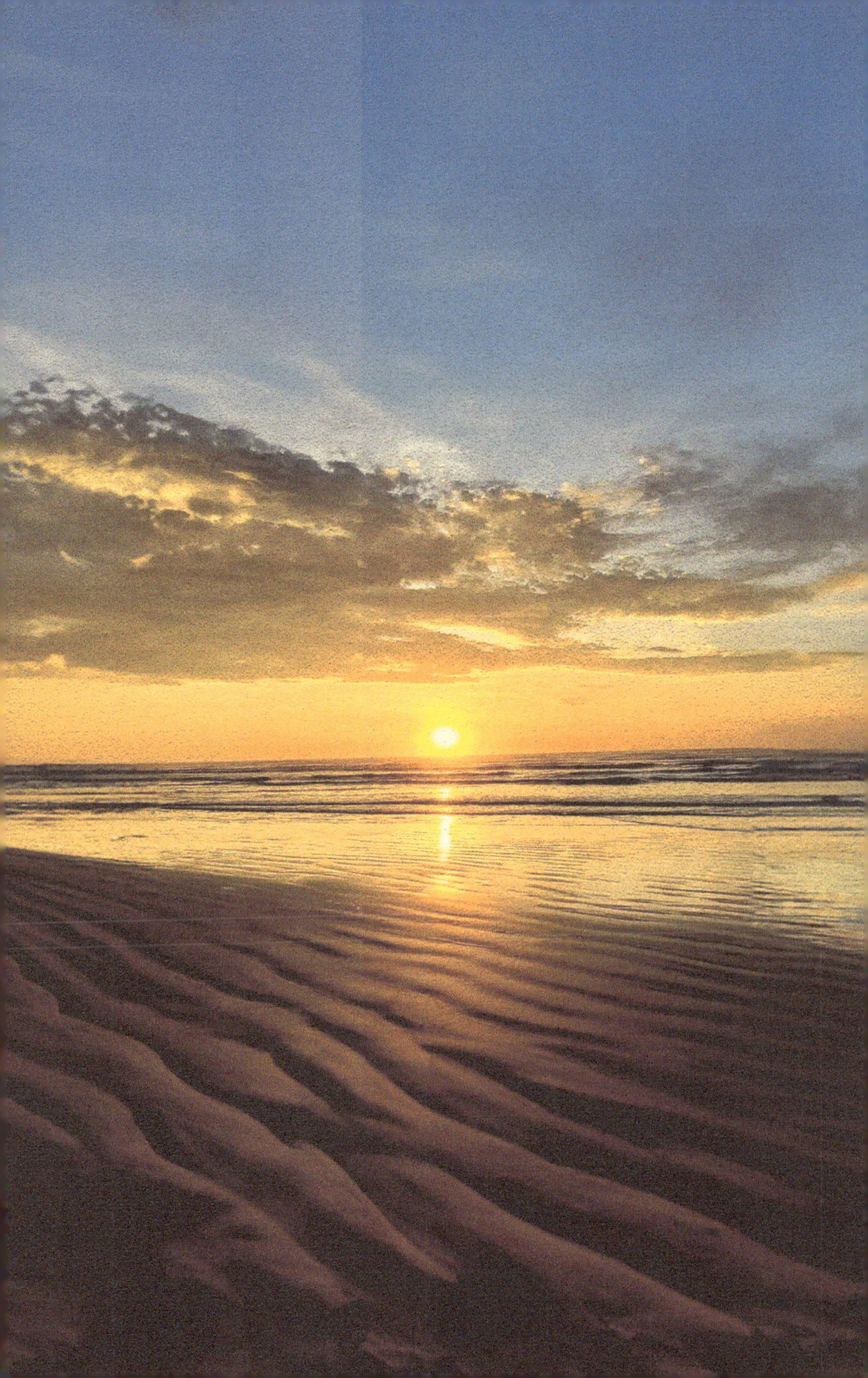

Dois lados

Distante...
Tão distante
que já nem me lembro
como é o teu rosto.
Mas tanta emoção
tenho posto
para alimentar
esta lembrança constante.
Pois tenho caminhado sozinho,
com os pés descalços,
apenas observando nossa queda,
para descobrir no fim do caminho
que viver e morrer
são dois lados
da mesma moeda.

Aprendendo a lidar com a dor dos outros ao mesmo tempo que enfrentamos a nossa

O cantor Djavan tem uma música chamada "Esquinas" que diz: "Sabe lá o que é não ter e ter que ter pra dar". Quantas vezes em nossa vida estamos destruídos por dentro, mas precisamos auxiliar quem está próximo porque, de alguma forma, dependem de nós?

A única resposta que encontrei para essa questão foi no amor. E o mar, mais uma vez, com toda simplicidade, tem me ensinado o que é o amor.

Em tempos de águas azuis ou ressacas cinza, ele está sempre ali, disponível. Faz-me pensar que amar é estar disponível, mesmo que o coração esteja doído, e a mente, confusa.

Disponível para ouvir, para acolher, para festejar ou simplesmente para ficar por horas em silêncio, quando a frustração ocupa o lugar das palavras. E estar disponível parece caminhar lado a lado com a aceitação, dando sempre o nosso melhor.

O que me parece é que quando tiramos um pouco o foco das nossas questões, pensando em fazer os outros felizes, algo se transforma dentro de nós. Estar disponível, mesmo em tempos de dor, para mim se tornou a maior manifestação de amor.

O nosso grande mestre Jesus já dizia, há mais de dois mil anos, que "devemos amar ao próximo como a nós mesmos" (Mateus 22:39), como fazer pelo outro aquilo que gostaríamos que Ele fizesse por nós.

Então, que estejamos disponíveis não só para os outros, mas para nós mesmas, acolhendo nossos sentimentos, buscando nossos sonhos, ouvindo a voz divina que brilha em nosso coração.

Conheci algumas esposas e mães que perderam seus companheiros e passaram por momentos bem delicados. Afinal, não se trata só do que estamos sentindo, mas de como administrar a dor e o dia a dia dos filhos, principalmente quando são pequenos.

Acolher e compartilhar sentimentos foi a solução que muitas delas encontraram. Não dá para fantasiar a morte; ela irá fazer parte de muitos momentos da nossa vida, então quanto mais cedo as crianças puderem compreender isso, na linguagem mais adequada para elas, melhor conseguirão lidar com o inevitável quando forem adultas.

Essa também é uma oportunidade para falarmos sobre fé, crenças e esperanças, que serão o alicerce para os desafios tão próprios da existência.

Permanecer unido ainda é a melhor forma de percorrer o árduo caminho do luto. Sugiro que criem hábitos diferentes, passeios, comidas, novas experiências, juntos; isso pode auxiliar num primeiro momento.

Gosto da ideia de sugerir para as crianças que escrevam cartas para o pai, quantas desejarem, com as quais você também pode contribuir. Quando terminarem de escrever, leiam em voz alta, queimem a carta e levem as cinzas a um local em que apreciavam estar com ele — na praia, no parque, não importa.

Qual a importância de queimar a carta? Na prática, nenhuma, mas nossa mente, muitas vezes, precisa de rituais para fortalecer o vínculo com a fé e auxiliar psicologicamente as pessoas envolvidas.

Deixar claro como o ente querido os amava pode trazer um certo conforto. Separe vídeos, fotos de momentos felizes e, se possível, faça um álbum de lembranças que eles possam rever sempre que quiserem. Incluam o pai nas orações diárias, como se realmente pudessem falar com ele. Eu acredito que podemos. Juntos, levem flores ao túmulo e convidem as crianças para as missas em intenção, se tiverem esse costume.

Em todas as ocasiões cubra-os de cuidado e amor; não tem nenhum problema em mostrarmos nossos sentimentos; os momentos de dor compartilhada podem aumentar nossos vínculos.

Eu sei que muitas vezes queremos poupar os filhos, mas reprimir os sentimentos pode acarretar grandes prejuízos emocionais no futuro, trazendo uma falsa ideia do que é o luto.

Pode ser que seus filhos também precisem de um espaço para poder se expressar. Deixe-os à vontade para dizer como se sentem, comentem como já lidaram com a perda de outros entes queridos e aceitem as sugestões das crianças, elas são incríveis.

Sempre observe a progressão do luto das crianças e, se julgar necessário, busque ajuda de um terapeuta.

··········

> Percebo que a melhor maneira de lidar com minha dor e com a dor dos outros é por meio do amor. Quando tiro o foco de mim mesma e me proponho a auxiliar o outro, meu sentimento de perda diminui.

··········

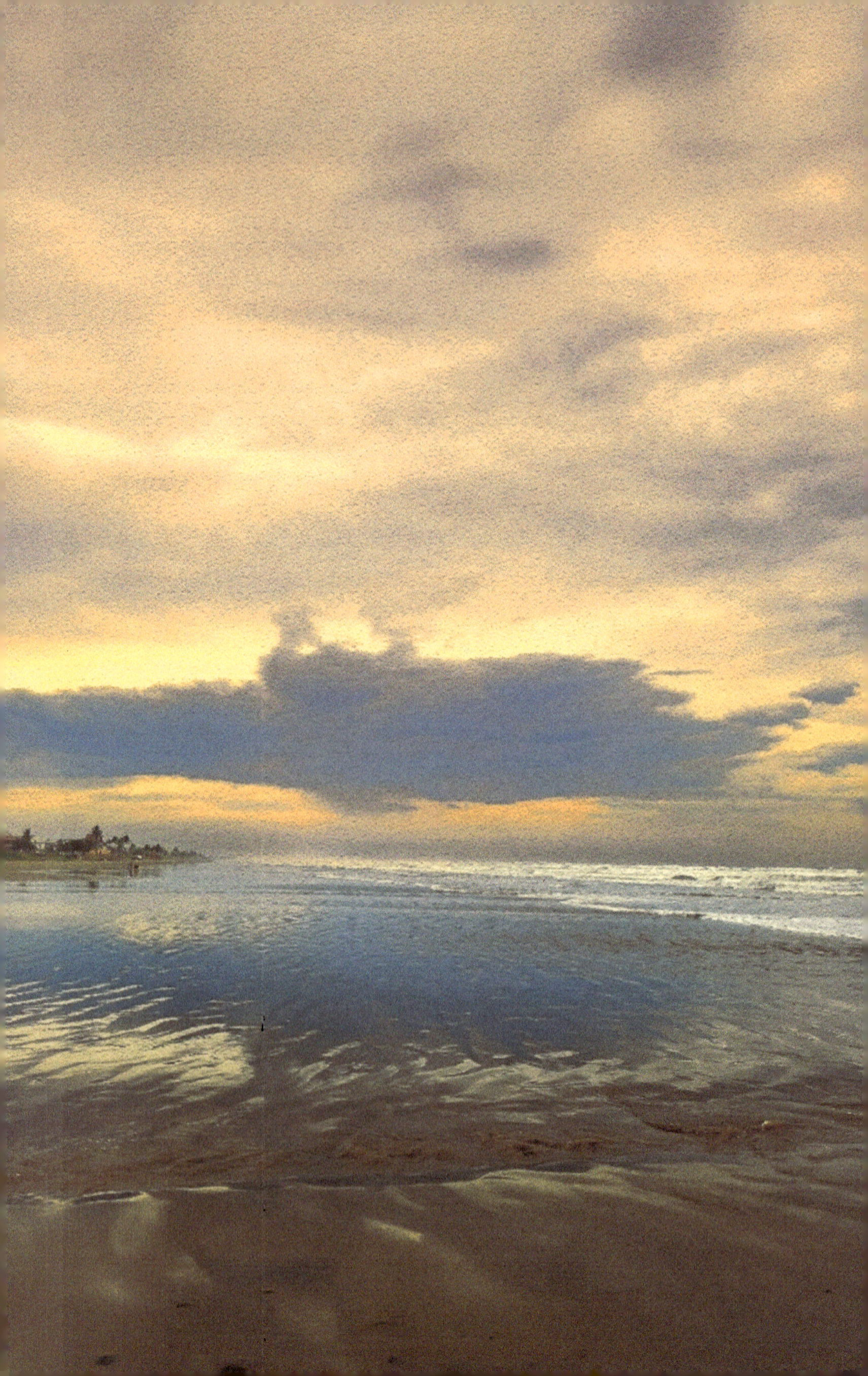

Inconstante

Nuvens modelam o céu,
com graça e beleza.
Formam, deformam,
como uma brincadeira de criança.
Acho que também sou como as nuvens.
Inconstante.
Num misto de sentimentos,
busco formatos.
Às vezes tão suaves,
às vezes tão densos.
É nesse contraste que encontro Vida.
Neste céu nada é estático,
tudo muda
no Todo,
o tempo todo.
Só percebe quem observa o céu,
Só percebe quem observa a si mesmo.

Quem sou eu?

O questionamento que pode redirecionar sua vida

Ajustar-se às novas rotinas parece tão desafiador!

Muitas vezes eu acordei com a forte sensação de que encontraria o Ju na cozinha, fazendo o café. Imaginava seu sorriso enquanto me dizia: "Bom dia, amor!".

Isso não foi sempre assim. No início, ele acordava tão marrento que às vezes nem bom-dia falava. Era daquele tipo que só acorda depois do café. Já eu, era do outro tipo, que acorda cantando, abrindo as janelas e conversando com o sol e com os cachorros. Dá para imaginar como foi isso?

Fomos nos ajustando, como tantos casais, a ponto de eu conseguir receber seu sorriso e um beijo carinhoso logo nas primeiras horas do dia, antes mesmo do seu costumeiro café.

Estar em um relacionamento não quer dizer que vamos nos transformar totalmente, mas é evidente que algumas adequações serão necessárias se quisermos ter uma convivência saudável. Quando nossos parceiros partem, a pergunta "quem sou eu?" pode surgir em nossa vida, mesmo que seja disfarçada da velha pergunta "e agora?". Quem éramos nós antes de sermos um casal?

E essa não é uma pergunta que costuma aparecer em todos os momentos da nossa vida. Parece que, quando tudo está correndo às mil maravilhas, não estamos nem um pouco preocupados em nos aprofundar nessa questão tão filosófica e espiritual.

Já nos momentos de crise, quando sentimos nosso mundo externo se abalar, precisamos retornar a quem realmente somos, nossa estrutura primária que pode nos impedir de sucumbir. Quem seremos após tudo isso?

O luto é um desses momentos. Mas como saber quem sou se na maior parte das vezes me vejo pelos olhos das outras pessoas? Pela opinião que elas têm sobre mim? Se quando me elogiam ou me criticam, me deixo influenciar por isso?

Em um primeiro momento, a ausência do companheiro pode desencadear um autoquestionamento sobre nós mesmas, afinal, será que sabemos quem somos?

Se realmente desejamos nos aprofundar nessa pergunta, precisamos de muito mais do que um espelho, é um trabalho interior que não tem mais volta, porque a partir do momento que descobrirmos quem somos, nada nem ninguém poderá mudar nossa opinião a respeito disso.

Dizem que a melhor forma de esconder um tesouro é guardando-o no local mais previsível de ser encontrado. Passamos décadas da nossa vida olhando para fora, para os outros, buscando o grande tesouro da nossa existência, sem percebermos que esse tesouro somos nós mesmas.

É certo que o outro sinaliza muito sobre o que devemos trabalhar em nós, mas enquanto só olharmos para fora, estaremos perdendo a oportunidade de vivenciar nosso verdadeiro poder.

Nossos olhos parecem treinados para enxergar segundo nossas vivências e crenças.

Assim rotulamos tudo e todos segundo o que já observamos. Quantas vezes dizemos "já vi", "já conheço", como se os lugares e as pessoas fossem estáticos? Às vezes é bom olhar para tudo como se fosse a primeira vez, seja a natureza, nossos amigos, nossos amados ou nós mesmas. Os olhos veem o novo o tempo todo, é a nossa mente que classifica as imagens como iguais ou parecidas, em caixinhas herméticas, etiquetadas e lacradas.

Parece divertido brincar com as imagens e percepções que nossos olhos captam, sem compromisso. Por isso amo fotografias. Elas me dão a exata noção de que tudo é diferente, a cada segundo.

O autoconhecimento pode nos libertar não só das coisas mal resolvidas do passado, mas também nos ajudar a nos enxergar no presente, para que possamos criar um futuro, mesmo que no momento tudo pareça tão incerto.

Além disso, vai auxiliar a descobrirmos até que ponto o vazio que sentimos é referente somente à ausência da pessoa que partiu, ou se é intensificado pela ausência de nós mesmas. Isso porque o luto também é capaz de agravar um processo interior que pode já estar em andamento.

Se ainda não se interessou por uma terapia, talvez sinta necessidade nesse momento, afinal, ter consciência de quem somos pode nos dar maior segurança do que sentimos e do que somos capazes. Trabalhar aspectos que foram negligenciados no decorrer da nossa trajetória pode auxiliar, e muito, no processo de retomada da nossa vida.

"Quem sou eu?" pode ser a pergunta que o tempo todo esperou para ser respondida.

Escolha uma terapia de sua preferência que possa ajudá-la a encontrar a resposta capaz de mudar sua vida.

·········

Sou filha de Deus e recebo seu amor
todos os dias.
Trabalho o autoconhecimento. Quanto
mais me conheço, mais desperto em mim
a força e a sabedoria necessárias para
lidar com os desafios do meu dia a dia.

·········

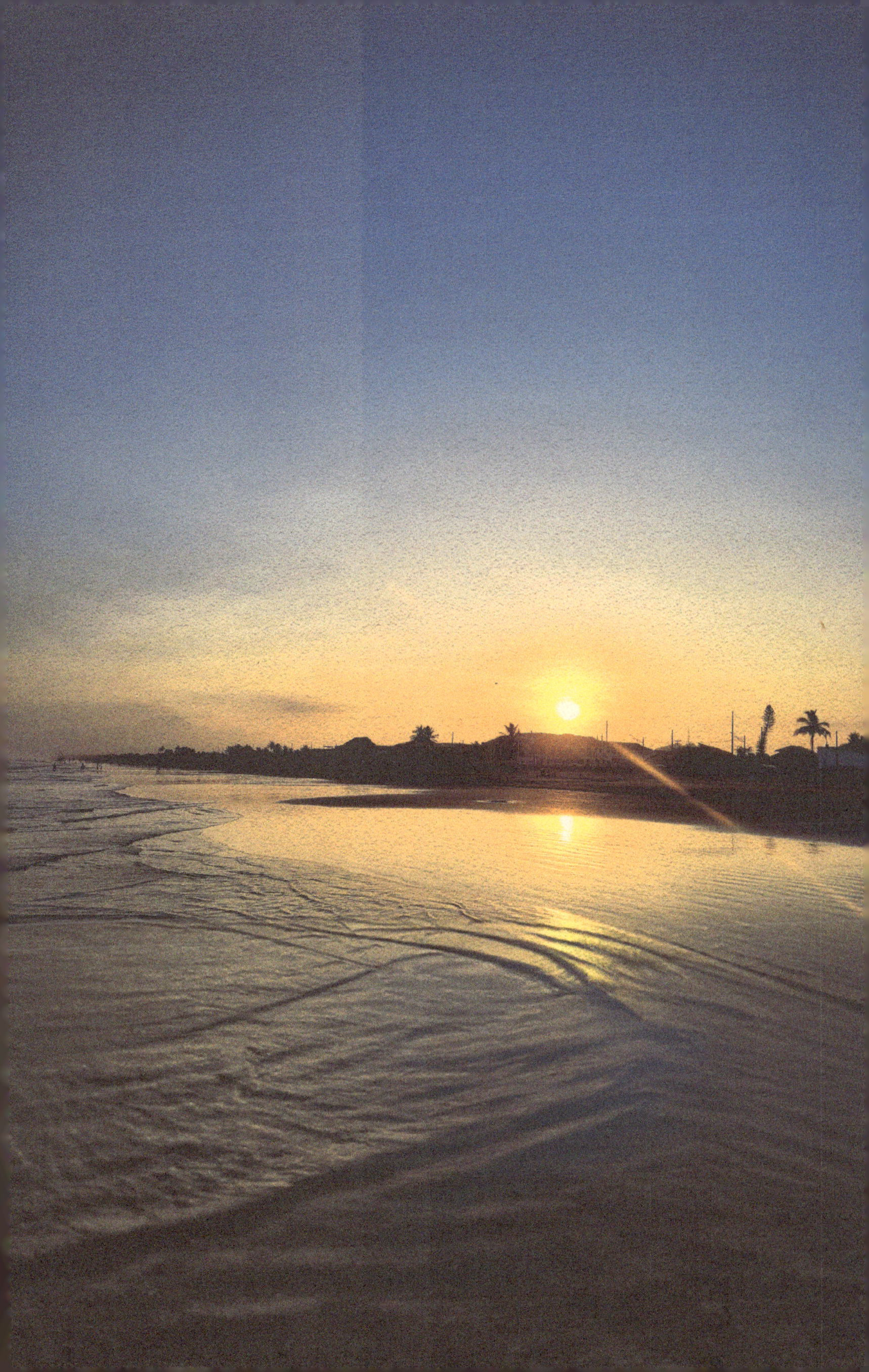

Intento

Vento,
Transforma meu intento
de estar atento
a cada momento.
De receber o que me pertence
a seu tempo.

Do que eu realmente gosto?

Readequando

Dizem que quando nos casamos ou decidimos morar com uma pessoa, nós mudamos visivelmente. De fato, é um processo natural, sem falar, é claro, que quem não se adéqua corre o risco de não conseguir se relacionar com ninguém.

Por mais que muitos defendam a individualidade, a convivência é a melhor forma de aprendermos a ceder em algumas coisas, pelo bem comum e, às vezes, até mesmo pelo bem do outro. Passamos tanto tempo com uma pessoa que acabamos misturando nossos sonhos, jeitos ou gostos.

Eu e o Ju parecíamos diferentes em muitos aspectos, alguns conseguimos readequar com o tempo; outros, simplesmente respeitar, e assim a convivência foi enriquecendo nossa maneira de ver as coisas e a vida.

Ele vivia me dizendo que eu enxergava o mundo com lentes cor-de-rosa, mas acredito que o jeitinho azedo inicial dele me ajudou a dosar alguns "mimimis" que eu teimava em reconhecer como meus.

De outro lado, ele passou a colorir o mundo cinza que tanto defendia, e nos últimos tempos eu já conseguia observar alguns tons de rosa no seu jeito de enxergar o dia a dia. Quão valiosas são as trocas num relacionamento!

Com o término, seja por uma separação ou pelo luto, é comum, num primeiro momento, ficarmos totalmente perdidas, sem saber ao certo como desvincular a presença do outro que tanto nos modificou.

Mais uma vez, convido vocês a separarem um caderno e uma caneta. Sempre sugiro caderno e caneta não só porque aprecio o jeito clássico de escrever, mas porque para mim isso parece funcionar melhor. Para descobrir o seu jeito, só mesmo testando. Comece escrevendo, depois digitando, e veja como se sente mais conectada com suas ideias e sentimentos. Vamos lá!

No lado esquerdo da folha, faça uma lista de tudo o que apreciava fazer durante o seu relacionamento; no lado direito, reserve uma lista em branco, onde você irá preencher com o que é possível executar mesmo sem a presença do seu marido ou companheiro.

Após relacionar, observe. O que não for mais possível, simplesmente agradeça e risque de sua lista. Note que alguns itens podem ser adaptados para sua nova realidade. Por exemplo: gostava de ir ao cinema com ele (posso trocar por ir ao cinema com um familiar, um amigo ou mesmo sozinha). O importante é que nessa lista só fiquem atividades que você poderá fazer a partir de agora.

Muitas lembranças e sentimentos podem vir à tona, deixe-os vir, como se folheasse um grande álbum de fotos.

Não se preocupe com as lágrimas, elas estarão presentes durante o processo; são parte da dor, mas também da cura.

Simplesmente expresse sua gratidão por todos os momentos que teve a oportunidade de viver ao lado de quem partiu.

Um dia me disseram que chorar pela ausência de quem se amou ainda é melhor do que nunca ter conhecido o amor.

Inicialmente isso vai parecer piegas e sem sentido, mas com o tempo vamos nos dando conta de que as lembranças são um dos maiores tesouros da nossa existência, e realmente é uma dádiva poder fazer parte da vida de quem tanto amamos.

·········

Eu agradeço a Deus e ao meu marido/companheiro pela oportunidade de vivermos tantos momentos felizes juntos.
Libero da minha mente e do meu coração todas as atividades que não mais poderei executar.
Gratidão. Gratidão. Gratidão.

·········

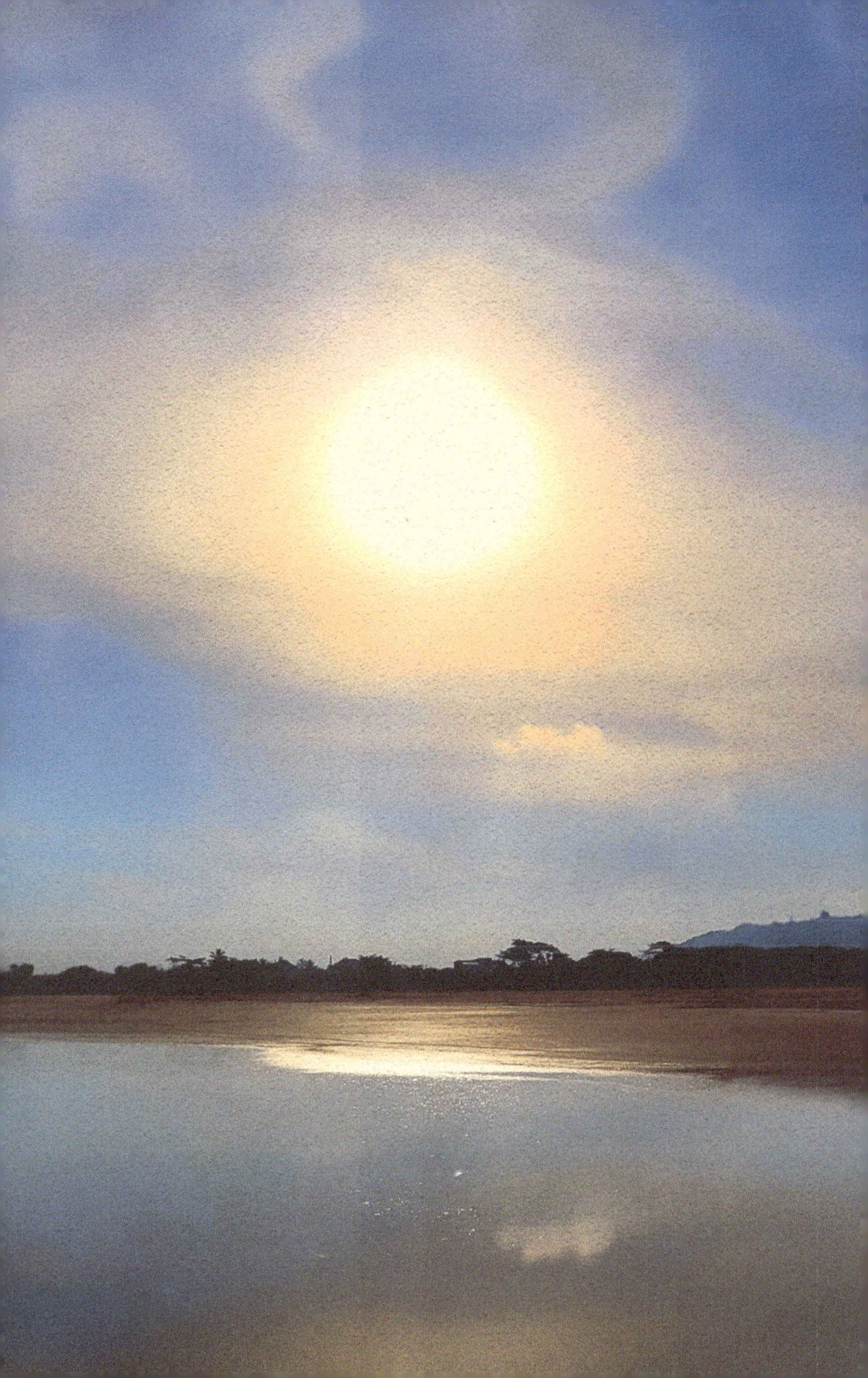

Poder

Aquieta teu coração.
Se não realiza,
é pelo tempo.
Há de se ter esse espaço
para aprender,
para entender,
simplesmente para Ser.
Só você tem o poder de abreviá-lo,
com o poder da aceitação,
da compreensão,
da atenção,
da tão buscada
iluminação.
Os anjos podem impedir
que se desvie muito para a esquerda
ou para a direita.
Mas o caminho é seu.
Tantas vezes denso,
solitário,
mas necessário.

Fazendo o que gosto, amenizo minha tristeza

Eu amo viajar. Eu e o Ju fizemos muitas viagens juntos, e visitar Peruíbe, uma vez por ano, sempre estava na nossa programação. Nós dois sempre amamos o mar, uma das coisas que tínhamos em comum.

As viagens que só podiam ser feitas de avião, acabei realizando com minhas amigas; o Ju não era nada fã das alturas, mas, sinceramente, meu coração ficava um pouco apertado por viajar sem ele.

Alguns meses após sua partida, eu e duas amigas nos programamos para visitar a Itália e acabamos formando um grupo de seis mulheres.

Fazer o que você gosta, não importa o que seja, pode ajudar a amenizar sua tristeza. Então, papel e caneta na mão. Chegou a hora de fazermos uma lista do que gostávamos de fazer antes do nosso relacionamento.

É claro que muitas coisas não farão mais sentido devido ao passar do tempo ou à mudança de hábitos, mas algumas atividades poderão ser resgatadas no meio dessa lista. Nossa primeira reação pode ser a saudade das coisas que não podemos mais fazer ao lado do nosso amor, muitas delas tão recentes. Persista.

Esse é o momento de focar o que lhe proporcionava prazer antes do relacionamento: pode ser um curso, uma atividade, a conversa com amigos, restaurantes, viagens, não importa. Aproveite esse exercício para rever também alguns projetos que foram engavetados no passado.

Ao fazer isso, além de buscar seus hobbies preferidos, ainda vai trazer boas lembranças, resgatando um pouco de quem você era, o que pode mostrar a possibilidade de viver momentos agradáveis, mesmo depois do luto.

Inclua aqui filmes e músicas que trazem boas lembranças e as conecte com uma parte feliz de quem você é. Deixe de lado, pelo menos por enquanto, os filmes românticos e as músicas especiais do casal. É comum o cérebro ficar num círculo vicioso de lembranças do nosso parceiro e da vida que tínhamos, mas não desista.

O que estamos tentando fazer aqui é resgatar nossa capacidade de nos encantar com as coisas, provar para nós mesmas que podemos, sim, com dedicação e persistência, construir uma nova história.

·········

Eu reconheço todas as coisas que me encantavam no passado, na certeza de que tenho a capacidade de criar momentos felizes.

·········

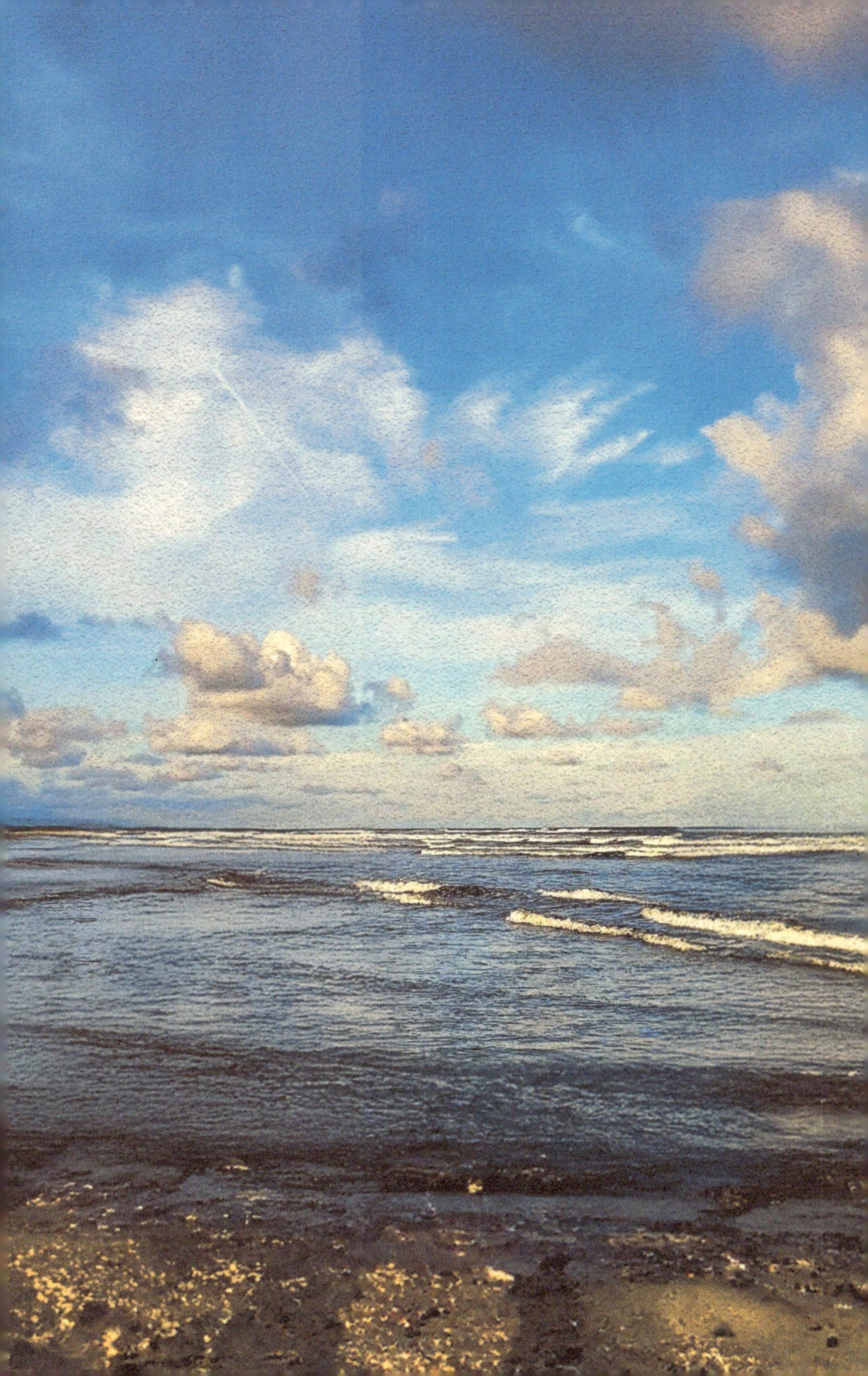

Formas

Tuas formas.
Vidas.
Revidas entre tantas normas.
Quisera saber desta linha
que separa a partida da ida
o mistério do querer.
...com o que se depara?
Mas só de viver o prazer se declara.
Entre normas,
a vida se revela:
querer,
prazer
e formas.

Cuidando de mim

O caminho de volta

Um dos maiores desafios depois da perda física de alguém é nos desvincularmos da interação tão própria do relacionamento.

Pequenas atitudes tomam uma proporção gigantesca, o que raramente percebíamos no dia a dia. Por exemplo, eu tinha o costume de oferecer guloseimas para o Ju, tipo "amor, quer um café?", "vou fazer pipoca, você aceita?", "quer uma vitamina?". Senti muita falta desse compartilhar, e às vezes ainda sinto.

Nos primeiros meses após sua partida, cozinhar só para mim foi um desafio, minha geladeira virou a típica "geladeira de solteiro". E o meu prato especial, composto por arroz, ovo e salada de tomate, esteve em cartaz durante um bom tempo. Quase podia ouvir o Ju me falando: "Daqui a pouco vai começar a cacarejar".

Será que eu sentia falta do: "Está ótimo, você está se superando na cozinha", embora às vezes eu pensasse que era só um gesto de gentileza? Sim, porque o grande chef de casa sempre foi o Ju. Depois de assistir a muitas temporadas do *MasterChef Brasil*, ficou "insuportável" na cozinha, como eu costumava dizer. E mais, conseguia fazer o que hoje nem tento mais — virar a omelete no ar.

De qualquer forma, agora chegou o momento de cuidar de nós mesmas, muito mais do que costumávamos fazer; preenchermos esse cuidar do outro com o autocuidado. E se cuidar ultrapassa o físico, é trabalhar o emocional com paciência, dar um desconto para algumas falhas, não exigir demais de si mesma.

É aquele tempinho para ficar largada no sofá assistindo ao seu programa preferido, na hora que você estaria preparando o jantar. Combinar um almoço no restaurante, mesmo que seja numa segunda-feira, deixar para limpar a casa depois, esquecer o despertador de vez em quando.

É claro que tudo isso não significa desleixo nem abandonar suas responsabilidades, mas parar de exigir tanto de si mesma num primeiro momento, sempre adequando à sua realidade.

Se a desvantagem é estar sem a presença de quem você ama, e isso já é bem difícil, por que não buscar as pequenas vantagens diárias práticas?

Porque, independentemente de um acontecimento, sempre haverá duas partes para analisar. Encontrar algo positivo, mesmo que seja não ter que cozinhar todas as noites, pode nos fazer enxergar por um outro ponto de vista.

Se compensa? Para mim nada compensaria a ausência do Ju, mas me recuso a aceitar perder, sem encontrar um aspecto positivo, por mais escondido que esteja. Faça um esforço, um pontinho positivo acho que dá para encontrar.

Sugiro que você tenha uma rotina de autocuidado, trate-se como uma princesa, porque, acredite, você é para alguém lá em cima.

Não espere das outras pessoas o que você deve fazer por si mesma. Valorize quem você é. Tudo o que Deus criou é incrível.

Acredito que defeitos são criações humanas, nosso jeito torto de enxergar a realidade. E agora, mais do que nunca, você precisa se sentir maravilhosa.

Se puder, separe todos os meses uma parcela do dinheiro recebido a fim de fazer coisas para você, comprar presentes, levar-se a lugares agradáveis, divertir-se. Esforce-se para ser sua fada-madrinha, mesmo que seja uma coisa simples. Lembre-se de que há prazeres na vida que não custam muito dinheiro, muitos até são gratuitos. Crie o hábito de se fazer feliz, independentemente de no momento estar só ou não.

Encontre sempre o equilíbrio entre cuidar do outro e cuidar de si mesma. Isso é para sempre. O que é demais pode prejudicar; assim é na natureza, assim é na vida. Acabamos descobrindo que tudo tem a dose certa.

Lembre-se de que nossa existência é como uma frase, um misto de interrogações e exclamações que dão a entonação certa para cada momento.

Não importa quantas vírgulas ou quantas reticências colocamos no meio do caminho. Na gramática ou na vida, seguimos para o ponto final, onde tudo fará sentido.

Aproveitemos o percurso.

· · · · · · · · ·

Hoje eu assumo a responsabilidade de me fazer feliz por meio do autocuidado. Honro minha vida, meu corpo, minhas qualidades e meus sonhos.

· · · · · · · · ·

Sinto muito...

Sinto muito por não ter rido de piadas das quais não achei graça,
não ter te abraçado em teu vazio existencial,
não ter entendido que ouvir é esvaziar-se para que o outro se preencha.
Sinto muito por não ter tomado aquele banho de sol sem protetor,
não ter mergulhado no mar frio de outono.
Sinto muito por não ter andado mais de mãos dadas,
ter passado mais noites em claro só para namorar,
por não trocar tantas DRs por beijos apaixonados.
Sinto muito por não ter tirado aquela soneca no final de tarde,
debaixo das cobertas com você,
assistido a um filme na noite de domingo,
mesmo que não fosse o meu preferido.
Sinto muito por não acariciar mais o seu rosto,
olhar dentro dos seus olhos,
e dizer "eu te amo" mais vezes ao dia.
Sinto muito por não ter elogiado o que você fez com carinho,
mesmo que fosse o chocolate doce,
a pipoca queimada,
a batata engordurada.
Sinto muito pelas vezes que não liguei,
que não atendi,
que não retornei.
Sinto muito pelo que não sorri,
pelo que não curti,
não sonhei.
Sinto pelas vezes que não me entreguei,
que não amei incondicionalmente,
que não ouvi,

por pressa na correria da minha vida.
Sinto muito por não ter opinado por preguiça,
não cedido por orgulho,
não acompanhado por capricho.
Sinto muito por não ter viajado mais,
brincado mais,
me amado mais,
e te amado mais.
Sinto muito por não ter aceitado aquele convite
para dançar na chuva gelada,
assistir a um show de rock,
viajar pelo mundo de motorhome.
Sinto muito pela oração que não fiz,
pelas coisas que não pedi,
pelas vezes que desisti.
Sinto muito por não ter agradecido mais
por tudo.
Tudo o que você representou para mim.

Fazendo as pazes com o passado

Mudando rotinas

Um nevoeiro denso tomou conta de Peruíbe, muito parecido com o de Paranapiacaba. Eu e o Ju costumávamos visitar a cidade todos os anos no Festival de Inverno.

Quem já esteve por lá conhece bem a magia de se imaginar em Londres, nos históricos tempos do *fog*, que de romântico não tinha nada, afinal, era causado pelo crescimento incontrolado da queima de combustíveis fósseis na indústria e no transporte.

Fiquei observando como o mar, alheio ao tempo, continuava cumprindo sua missão... emitindo o som das ondas que se quebravam na praia, alimentando os pássaros, acolhendo algumas pessoas que se aproximavam, curiosas.

A linda cor azul presente durante a manhã, o brilho nas águas e o reflexo do céu na areia não dependiam dele.

O mar me faz questionar se realmente fazemos nossa parte mesmo nos dias sombrios ou se culpamos a ausência de uma luz externa para brilharmos. Ou será que nos cobramos pelo que não depende de nós? Tenho tanto a aprender com meu sábio companheiro!

Percebi que o luto não tem só a ver com a perda da presença física de quem amamos, mas com tudo que enterramos com ela.

Nos acostumamos a pensar que o que não fazemos e não dizemos agora poderemos deixar para depois, para outra hora, outro dia. E essa chance também se perde para sempre. É o fim de todas as possibilidades, como diz minha querida Stephany, e talvez seja isso que mais nos machuca.

De qualquer forma, até aquele purê de mandioquinha, que o Ju fazia maravilhosamente bem e não poderei provar mais, vai fazer falta. A rotina, os horários, tudo. Repito para que não nos esqueçamos disso.

Sempre vamos nos deparar com lembranças, com vazios impreenchíveis, até aqueles dos quais nem temos consciência.

No começo pode ser muito dolorido, mas acredite, o tempo vai amenizando nosso sentimento e acrescentando alegria e gratidão às boas lembranças.

Nos primeiros meses, percebi que no final de todas as tardes, por volta das 17h30, sentia um aperto grande no meu coração. Demorou um tempo para eu descobrir que esse era o horário que eu e o Ju saíamos para passear com os cachorrinhos; e quando voltávamos, ligávamos a TV e ficávamos juntos no sofá, assistindo às notícias.

Quando percebi o gatilho, tentei preencher aquela lacuna com atividades diferentes. Ia caminhar na praia, assistir a uma live ou conversava com uma amiga. Esse era meu horário escolhido para ligar, falar sobre assuntos corriqueiros, rir um pouco das questões da vida e das nossas dificuldades em lidar com elas. Enfim, criei hábitos.

É fácil? Nem sempre. Nada parece muito fácil nesse processo, mas é possível, se nos empenharmos de verdade para realmente dar certo.

A rotina que a mente insiste em revisar de modo constante é um agravante para nossa saudade, e esta é a primeira inimiga que devemos enfrentar.

Mas surge a pergunta: como fazer isso se não tenho como mudar minha rotina? Seja criativa. Dentro das próprias atividades sempre vai haver uma forma de fazer diferente, de conseguir driblar nosso cérebro.

Dormir e acordar são dois momentos desafiadores para quem está vivendo o luto.

Uma das minhas primeiras providências foi redecorar meu quarto, coloquei um quadro de frente para a cama, em que está escrito *"Always be positive"* (Seja sempre positivo). Todos os dias, quando abro os olhos, é a primeira frase que repito para mim mesma.

A oração tem sido minha grande parceira nesses dois momentos. Entregar a Deus o que não temos controle, e tampouco sabemos como lidar, traz alívio e esperança, diminuindo o fardo das inúmeras incertezas que insistimos em carregar. Em minhas orações sempre peço que o Ju tenha um dia ou uma noite abençoados, onde estiver.

Nos momentos mais difíceis eu orava, e muitas vezes ainda repito: "Deus, eu aceito a sua vontade para a minha vida, mas, por favor, me ajude a lidar com isso".

Precisamos aceitar que sozinha sempre vai ser mais difícil, e aqui não estou me referindo só a pessoas, embora uma rede de apoio seja muito importante. Eu escolhi continuar morando na casa que escolhemos em Peruíbe, mesmo não conhecendo ninguém por aqui.

Estou falando de algo maior — Deus, um Poder Superior, um anjo, um mentor espiritual, não importa.

Coisas palpáveis e materiais parecem não conseguir explicar o desconhecido, o inexplicável. Somente a fé em um poder maior que nós mesmas pode nos ajudar a resgatar a confiança para seguir em frente.

Fé para aceitarmos as escolhas que não fizemos, para acreditarmos que existem propósitos em todas as coisas do Universo e que nada é em vão, embora qualquer conversa nessa direção no início continue sem sentido para nós.

Lembro-me de que, dois meses após a partida do Ju, tive uma pequena lesão muscular na perna, que além de muito dolorida insistia em me provar que eu estava totalmente sozinha e não tinha mais ninguém para me ajudar naquele momento. Nesse período ainda não tinha feito amigos por aqui.

Eu questionava por que tudo tinha acontecido justamente quando nos mudamos para Peruíbe, afinal, estava distante da minha família e dos meus amigos, e a dor física só culminou em aprofundar meu processo de luto.

Era uma tarde de sábado, praticamente tudo fechado na cidade, mas acabei encontrando na internet um massagista que atendia em domicílio. Quando ele chegou em casa, eu estava aos prantos e lembro-me de que a única coisa que me disse, olhando fixamente para mim, foi: "Tudo na vida tem um propósito".

Mesmo com minhas crenças, naquele momento minha resposta foi de alguém ferido, derrubado em combate. Como diz Frejat, "todo mundo é parecido quando sente dor". Minhas palavras confirmavam isso: "Então ainda não encontrei o meu".

As próximas quarenta e oito horas foram de reflexão e, ao mesmo tempo, de rendição. O tempo foi passando, fui conhecendo pessoas, me conectando com a natureza, sentindo a presença de Deus na minha vida. Quem sabe esse era o propósito.

A dor costuma tampar nossos ouvidos. Já percebeu que quando batemos o dedinho do pé no canto do sofá, se alguém fala conosco, nossa primeira reação é dizer "não fale comigo agora"? O luto não é diferente.

Nem sempre conseguimos ouvir o que os outros têm a dizer nem compreendemos o que foi dito, porque o outro não conhece nossa dor. Parece que existe um dialeto próprio para cada situação.

Estar em silêncio também pode representar acolher. Haverá momentos em nossa vida que jamais poderão ser traduzidos em palavras. Talvez por isso eu tenha escolhido permanecer na nossa casa, somente com uma cachorra e uma gatinha preta da rua, que futuramente me adotou.

Foi no silêncio que tantas vezes sussurrei: "Senhor, me mostra o próximo passo". William Shakespeare escreveu: "No mesmo instante que recebemos pedras em nosso caminho, flores estão sendo plantadas mais longe. Quem desiste não as vê".

·········

Reconheço que num primeiro momento nem sempre vou conseguir fazer as pazes com o meu passado, nem aceitar tantas mudanças na minha vida sozinha.
Deus, me mostre o caminho.

·········

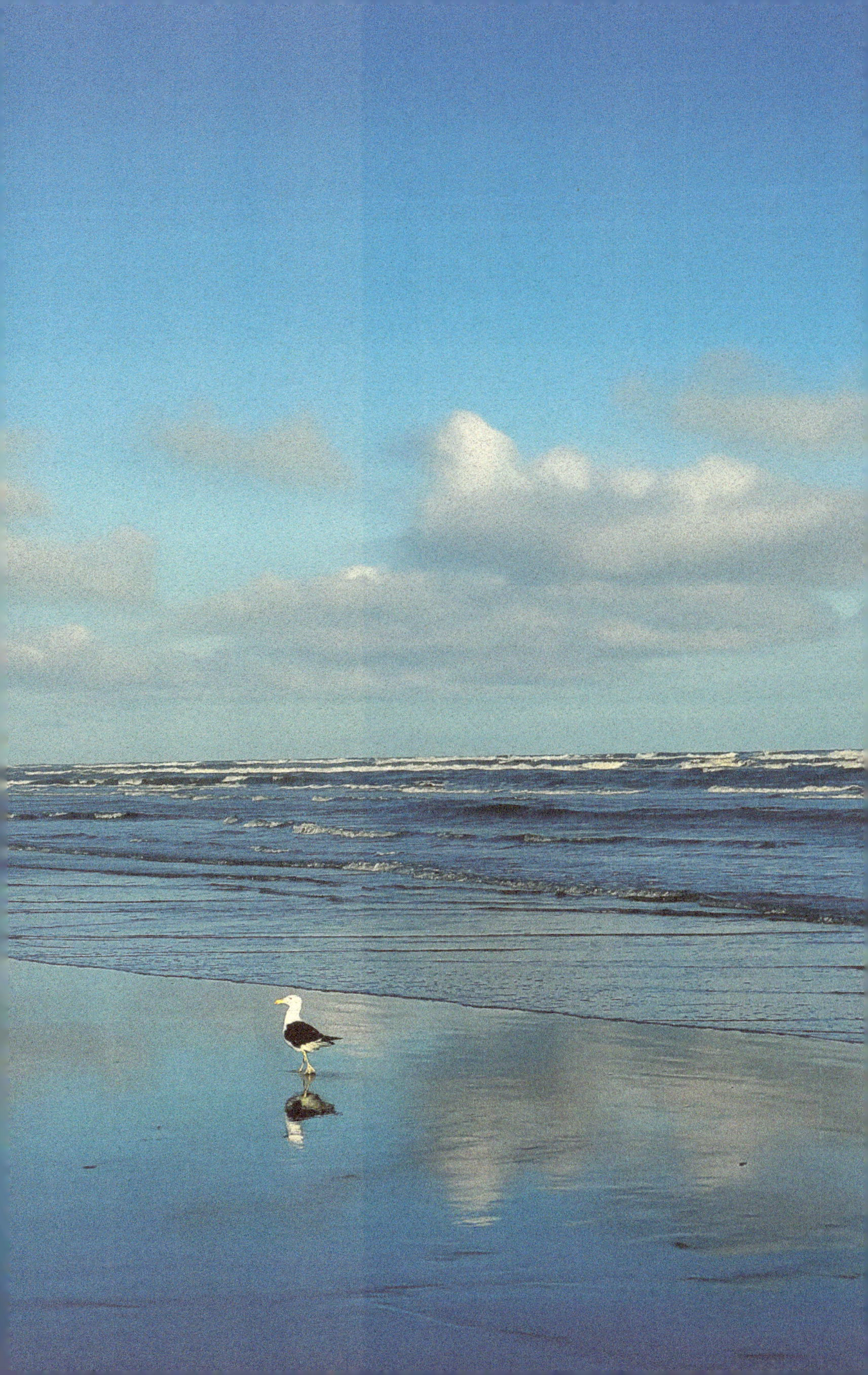

A carta

Começo a escrever com a esperança de que um dia você possa ter acesso a estas cartas.
Queria lhe dizer tantas coisas e não tive tempo. Nunca imaginei que aquela sexta-feira seria a última de nossas vidas e que o "eu te amo" seria minha derradeira fala.
Desde então, fico pensando se eu deveria ter contado para você o que o médico me disse, embora ele tenha me relatado um dia antes que você teria ainda um ano de vida pela frente, tempo suficiente para eu falar, fazer, amar. As informações na UTI são sempre tão inconstantes que as esperanças de um dia são derrubadas no outro.
Achei que ainda tínhamos muito tempo para muitas coisas, mas não tínhamos.
Fico me perguntando se você teria um último desejo, um último pedido, uma confissão a fazer ou um recado para alguém.
Se faria mais uma declaração de amor ou me diria palavras carinhosas que eu guardaria para sempre na minha caixinha mental de recordações.
Dizem que tudo está certo como está e que as coisas são como deveriam ser.
Mas às vezes é difícil aceitar, quando os "e se" parecem tão presentes neste momento da minha vida.
E se eu tivesse a chance de ter uma última conversa com você?
E se você tivesse ido ao médico antes? E se não tivéssemos nos mudado agora para Peruíbe? E se você estivesse aqui agora?
São tantos "e se" que mudariam totalmente a nossa história.
A verdade é que eu queria você aqui, vivo. Para colocarmos nossos projetos em prática (eram tantos!), irmos à praia juntos, assistirmos àquele filme (embora eu quase sempre dormisse antes da metade), comermos pipoca com aquele chocolate doce que você fazia... tantas coisas simples que agora parecem tão grandiosas.

Hoje fui ao centro da cidade e me lembrei das poucas vezes que fomos juntos lá.

Passei na loja chinesa onde você comprou a bomba para encher o pneu da sua moto; na Americanas, onde fomos procurar guardanapos para a nossa nova cozinha; na pracinha da igreja, onde visitamos a "Feira de Preservação Animal" que sei que você foi só para me agradar.

Tudo está tão vazio, um vazio cinza e doído, porque você não está mais lá.

Você vivia dizendo que eu via o mundo com lentes cor-de-rosa e, por incrível que pareça, neste momento elas estão cinza.

Talvez fosse sua presença que coloria minhas lentes, o amor que sinto por você que fazia com que eu acordasse todos os dias sorrindo, fazendo piadas. Talvez fosse o seu jeito, às vezes resmungão de ser, que me incentivava a ser uma pessoa melhor.

A grama do nosso jardim cresceu, quem sabe para me lembrar que vai completar três meses da sua partida. O pé de rosa amarela, que você tão cuidadosamente plantou, secou.

Às vezes me pergunto se um dia vou conseguir olhar para cada lugar desta casa sem a vontade imensa de chorar.

Algumas pessoas me perguntam qual o segredo de estar bem. Ninguém pode imaginar o tamanho da minha dor, do meu vazio, porque esta dor só eu posso passar.

Então escolhi continuar oferecendo o meu melhor para as pessoas ao meu redor, separar o que sinto por elas da dor da sua ausência.

Vejo uma Márcia fragmentada em duas — a que chora e a que sorri. Quando conseguir curar a Márcia do Ju, talvez consiga me juntar novamente. É o que espero para um dia, mas não hoje.

Hoje ainda tenho que curar minhas feridas, acolher minha dor, aceitar a perda que não escolhi.

Ainda terei que conviver com a tristeza de ter o controle remoto da TV só para mim e abrir a geladeira vazia, enquanto não sinto vontade de cozinhar.

Não ouvir sua voz linda dizendo "eu já te disse hoje que eu te amo?", sem ninguém para me cobrir e me dar um beijo de boa-noite, nem implicar com a minha vontade de passear toda hora ou com a bagunça que eu fazia com a manta que cobria nosso sofá.

Tantas lacunas neste imenso vazio, lacunas que tento preencher com fé e esperança.

Escolhi acreditar que você vive em outro plano e que está bem, mas minha tristeza vem da ausência física, como se você partisse para tão longe, onde nem posso ligar.

Talvez eu esteja errada e você esteja mais próximo do que imaginei, mas meus sentidos ainda parecem guardar lembranças demais de quando você estava fisicamente aqui.

Sei que um dia essas lembranças virão desacompanhadas da dor, mas não me iludo, também sei que pode ser um longo processo.

Enquanto isso, só peço a Deus que não deixe que você sinta a minha tristeza, somente o meu amor.

Momô, te amo, muito e para sempre!

Cartas

O que não falamos ainda cala em nós

Parece que o parceiro inseparável do "e se" é o "deveria ter". E da lista de tantos "deveria ter" destaco o que não falamos.

Sempre achamos que um "me perdoe" se encaixaria em muitos momentos do relacionamento, e por mais "eu te amo" que tenhamos dito ao longo da convivência, nunca terá sido suficiente após a partida dos nossos amados.

A correria do nosso dia a dia, em que muita coisa pode ficar para depois – afinal, como já disse, sempre acreditamos que o depois vai existir para sempre – e a impaciência ou pequenas picuinhas, tão próprias da vida a dois, podem nos impedir de colocar todas as nossas palavras onde hoje parecem tão necessárias.

Uma das coisas que mais senti falta foi da linda voz do Ju, guardei alguns áudios gravados de quando ele trabalhava como locutor e de vez em quando ainda os ouço.

Conviver com os "deveria ter" também pode nos atormentar, afinal, é mais um arrependimento muito típico do luto.

Eu resolvi escrever cartas. Sim, muitas delas. Tinha esse costume quando estávamos juntos; às vezes escrevia cartas românticas em datas especiais ou quando queria expor algum assunto sem ser interrompida, tipo as famosas DRs.

Sugiro que separe um caderno para escrever suas cartas como se realmente fosse enviá-las, coloque todas as coisas que acha que "deveria ter" falado. Pode ser que no começo suas lágrimas molhem o papel, mas tudo bem. Um dia você vai agradecer por elas existirem, uma forma de aliviar o que não tem nome.

Após escrevê-las, eu as lia em voz alta, para ouvir o que estava dizendo. O que "eu deveria" ter falado foi dito. Se ele também ouviu? Quem sabe? Gosto de acreditar que sim.

· · · · · · · · ·

Liberto-me dos "eu deveria".
Aceito que as coisas estão certas
exatamente como são.

· · · · · · · · ·

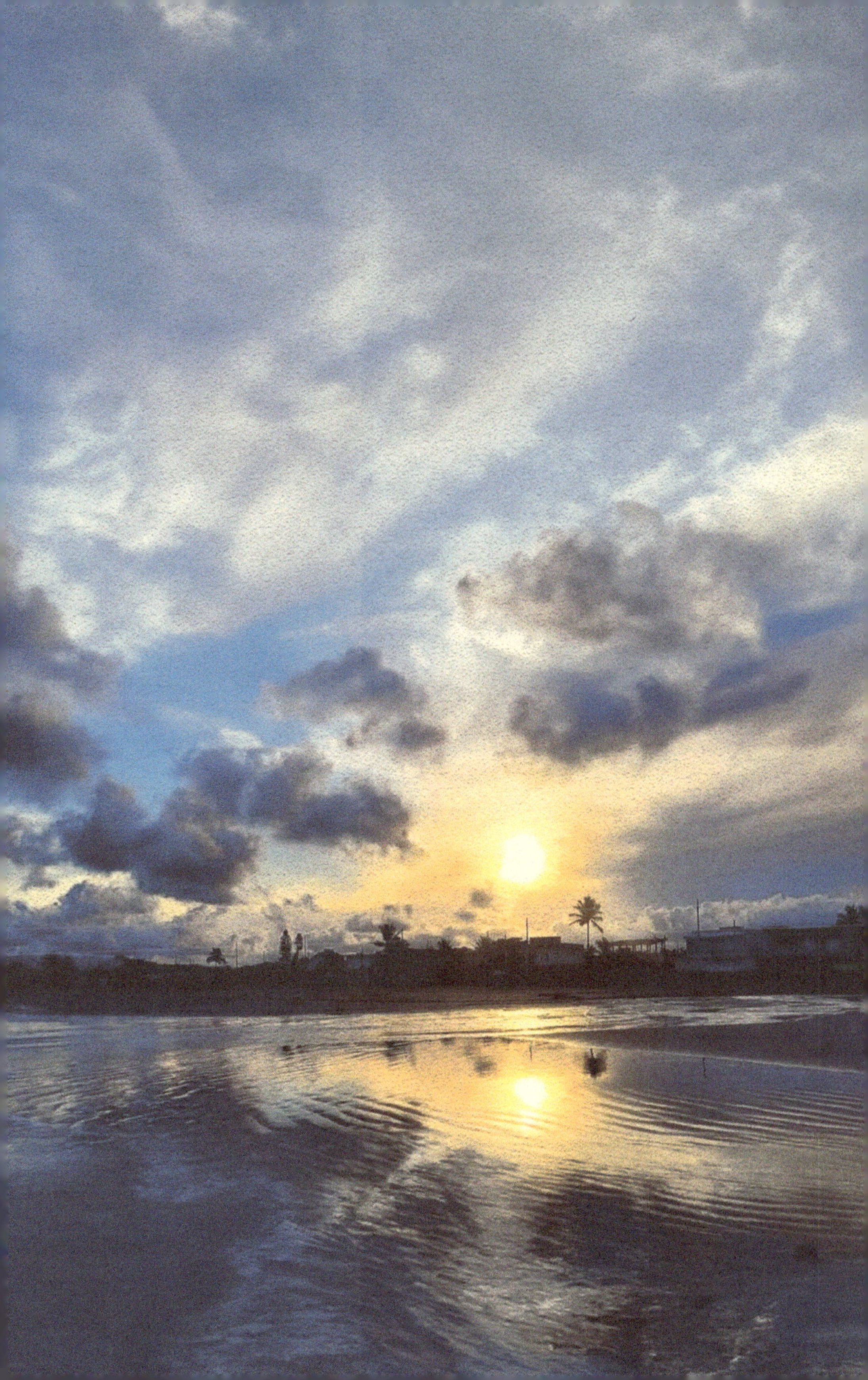

Contrastes

Gosto de brincar com as cores,
como a natureza.
Às vezes me perco nos contrastes,
mas aí que reside a beleza.
Gosto de brincar com as palavras,
minha história lida,
mesmo falando das dores,
com graça e leveza.
E assim, nas telas da vida,
vou eternizando os amores,
Amenizando, assim, a partida.

Fazendo novos amigos

Criando memórias

Os velhos amigos sempre serão uma rede de apoio muito importante para nossa recuperação, mas em alguns momentos até a presença deles vai doer.

Lembro-me da primeira vez que dois amigos nossos vieram me visitar, mais ou menos dois meses após a partida do Ju. O que seria motivo de alegria trouxe uma enxurrada de lembranças e um vazio que ultrapassava a cadeira vaga na mesa de jantar.

Cheguei a separar quatro pratos no armário para o almoço e só aí me dei conta de que demoraria um bom tempo para me acostumar com as lacunas da minha casa e da minha vida.

A verdade é que nunca mais seremos as mesmas. O passado vai ser aquela roupa que não nos serve mais, mas que queríamos tanto poder usá-la novamente. Aliás, já não somos as mesmas de segundos atrás. E não estou só me referindo às nossas células, que são renovadas constantemente, mas a nossos sentimentos e pensamentos. A diferença é que não há nada que possamos fazer.

Se a dor nos transforma para sempre, também é certo que podemos conquistar outros momentos felizes, porém não mais nos moldes anteriores. Enquanto perseguirmos o modelo de vida que tínhamos quando nossos maridos/companheiros estavam aqui, continuaremos incompletas e infelizes. Precisamos criar o que nunca foi visto, o imprevisto.

É claro que muitas coisas são difíceis de mudar, mas quanto mais novidades você acrescentar à sua vida, mais possibilidades você terá de enxergar o futuro com outra perspectiva, sem agarrar-se tanto às velhas memórias que causam tamanha frustração.

Excesso de passado não vai ajudar muito no momento do luto. Não se trata de abandonar o que já conquistamos, mas de abrir as portas para uma nova realidade.

Novos amigos trazem com eles um frescor para a vida, novas experiências, novos momentos. Conheci muitas pessoas em Peruíbe, com algumas tive um único contato, outras passaram a fazer parte da minha vida, mas todas elas me trouxeram uma leveza para o momento que eu estava passando.

Parece que o Universo se propõe a nos auxiliar nessa caminhada, colocando as pessoas, lugares e palavras certas quando simplesmente aceitamos e paramos de brigar com nossa realidade.

Certa vez o Ju compartilhou no Facebook um pensamento que diz o seguinte: "Os ventos que às vezes tiram algo que amamos são os mesmos que nos trazem algo que aprendemos a amar. Por isso não devemos chorar pelo que nos foi tirado, e sim aprender a amar o que nos foi dado. Pois tudo aquilo que é realmente nosso nunca se vai para sempre", frase atribuída a Bob Marley na publicação.

Abra seu coração para o novo. Tire muitas fotos a partir de agora. Se possível, revele, poste e, se preferir, recorra ao velho álbum de fotos para registrar a vida fluindo. As novidades podem abrir as portas para oportunidades. Se temos que atravessar o deserto, que seja trajando as roupas adequadas.

É tempo de fazer as pazes com a vida. Talvez ela não possa lhe dar tudo o que deseja agora, mas existe uma chance de conseguir grandes coisas, se direcionar sua atenção e seus esforços para isso.

O lema é seguir em frente, mas sem se esquecer de olhar para os lados e observar os milagres que estão acontecendo à sua volta.

·········

Deus, peço que amplie minha capacidade de perceber e receber todas as bênçãos que estão disponíveis para mim agora.

·········

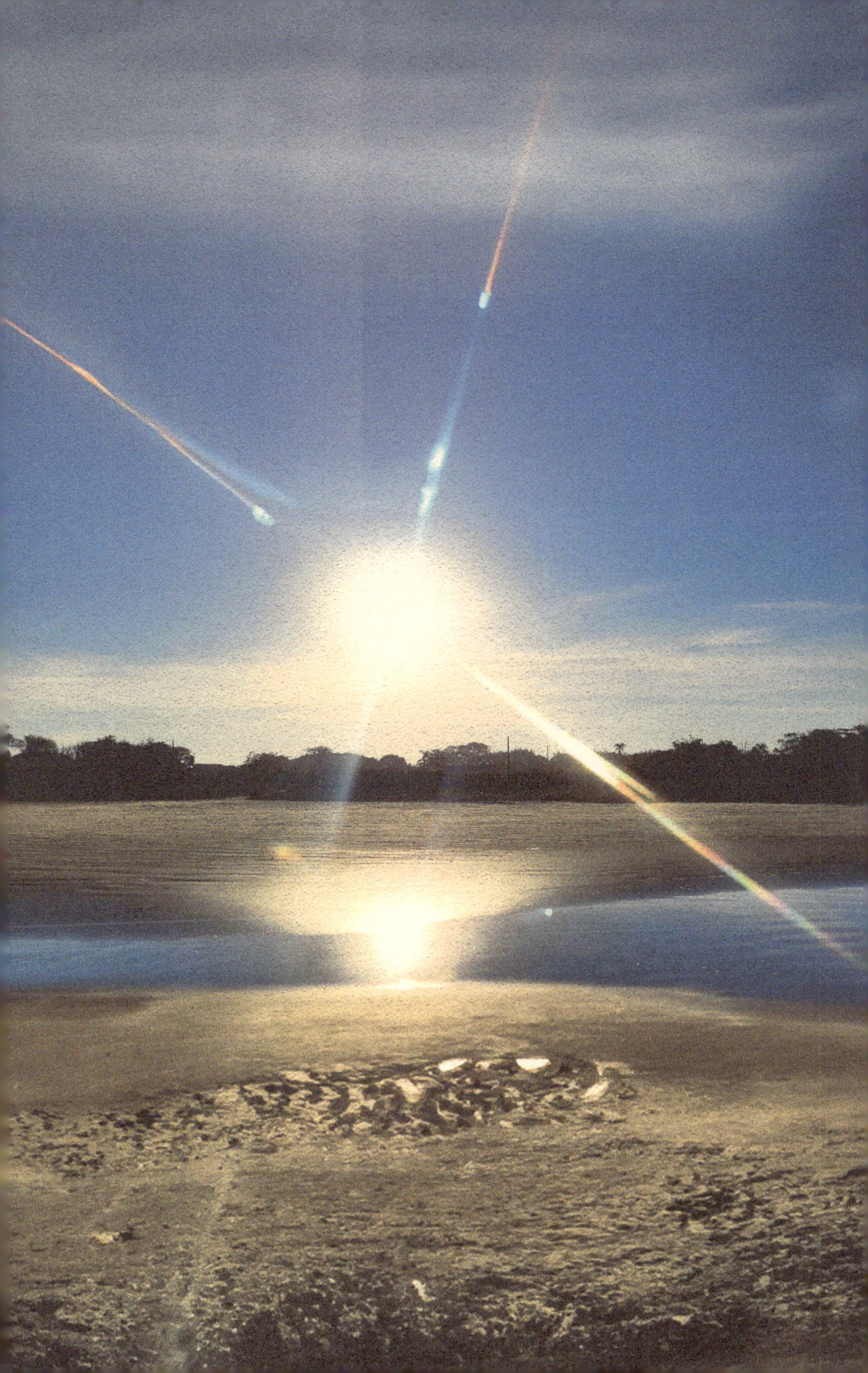

Presença

Vozes se misturam,
Através da porta semiaberta.
Meus olhos,
ansiosos,
buscam,
entre espaços luminosos,
tua presença,
etérea e certa.

Aceitando as mudanças

Mudanças causam desconforto. Em nós e, muitas vezes, nos que nos cercam também. Percebi isso quando resolvemos nos mudar para outra cidade. As pessoas mais próximas pareciam estar tão afetadas pela mudança quanto nós.

Desconstruir a rotina incomoda o cérebro, que parece não apreciar muito o caos. Creio que para ele é melhor só seguir o roteiro sem maiores gastos de energia. Mas é certo que a resistência às mudanças também pode causar desconfortos, porque não existe uma forma de impedir o processo evolutivo físico, emocional ou espiritual.

Eu também era muito resistente às mudanças até conviver com o Ju. Ele adorava mudar de residência, chegamos a nos mudar três vezes. Costumava trocar os móveis ou decorações de lugar. Quantas vezes eu emburrei por conta disso!

A verdade é que sinto uma pontinha de saudade de chegar em casa e ver os móveis e bibelôs fora do lugar, já que agora estão quase fixos no lugar que os coloquei.

Quando o assunto é mudança, o melhor é ajustar nossa alavanca de compreensão para o modo espiritual.

O que me parece é que nossa essência anseia pelo caos criativo, porque é nele que residem todas as possibilidades.

Afinal, pelo que sabemos, o Universo não surgiu do caos, uma explosão que deu origem ao que conhecemos hoje?

É claro que tudo é progressivo, o mundo não se criou de uma hora para outra. Demorou milhões de anos, segundo a ciência, mas a gente sempre acha que para nós é diferente.

Queremos sair do caos em minutos ou horas, não conseguimos desenvolver a paciência e resiliência para dar espaço para as coisas se acertarem.

Se o caos já está instaurado, e o luto é um desses momentos em nossa vida, pare por um instante e observe.

Temos a mania de encher nossa cabeça com suposições e ansiedades quanto ao futuro que nos aguarda. A impressão que temos é de que nossa mente acredita que, se controlar todas as coisas, tudo vai ficar bem. Mas pode ser que seja exatamente esse controle que nos faz sofrer.

Você vai precisar comandar sua mente e tentar silenciá-la.

Apenas perceba qual é o próximo passo.

Se ajudar, escreva.

Nada nesse momento deve estar totalmente definido, somente o próximo passo. Depois outro e outro, um de cada vez.

Dê a chance para o Universo te surpreender, ou não. Não crie expectativas, porque as frustrações só tendem a agravar esse período.

Sair um pouco do controle de vez em quando pode nos dar a habilidade de confiar na vida.

É bom lembrar-se de que nada neste mundo é estático; por mais que goste de uma determinada situação, ela está fadada a terminar. E isso vale tanto para os momentos bons quanto para os desafiadores.

A impressão que tenho é de que atualizações em nossa vida se fazem necessárias de tempos em tempos, e se não mudamos, a vida dá um jeitinho de mudar para nós, o que pode causar alguns desconfortos emocionais e até físicos. Quanto mais nos prendemos a esses desconfortos, mais atrasamos nosso processo.

Gentileza não só gera como exige gentileza.

Seja gentil com seu corpo, com seus sentimentos, e eles serão gentis com você da mesma forma. A gentileza passa pela aceitação do processo que já teve início, não há como pará-lo.

Seja solidária com o seu corpo, que pode ser um dos principais afetados nesse momento.

Siga sua intuição, aquela voz interior que todos temos, embora nem sempre lhe demos atenção.

Permita-se sentir o luto, mas também permita-se reaprender, se reinventar, ser feliz. Permita-se se manter saudável. Permita-se de vez em quando questionar todas as coisas, mas caminhe no sentido de simplesmente aguardar que o propósito de tudo isso se revele a você.

Tudo na vida pode ser atenuado por meio da permissão. E por que não dizer que tudo pode ser conseguido graças à permissão?

Um dia alguém me disse que propósito não se procura, é ele que nos encontra no momento que estamos preparados. Que as ondas só se formam quando estão próximas da praia, o que demonstra que os sinais se apresentam quando ele está próximo.

Não sei se o propósito finalmente me encontrou, mas o fato de saber que existe um me fez acreditar mais uma vez que tudo, aos poucos, vai tomando o seu lugar, assim como as águas do mar.

Permita-se viver o que você sempre sonhou, ou seja lá o que possa sonhar a partir de agora.

Permita também que as coisas não saiam como você projetou, porque pode ser que no final os resultados sejam mais grandiosos do que você esperava.

Permitir pode ser maior do que aceitar ou render-se, por nos dar a capacidade de receber tudo o que a vida pode oferecer, com alegria e gratidão, afinal, se acreditamos que tudo conspira para um bem maior, não precisamos contestar o desenrolar dos acontecimentos.

O certo e o errado acabam se diluindo no todo, quando descobrimos que tudo faz parte dele, sem excluir nada, nem ninguém, nos permitindo ser quem somos e permitindo que as pessoas sejam como são, sem julgamentos, apenas absorvendo todos os aprendizados. Nesse exercício de permissão, muitas dores físicas ou emocionais, tendem a diluir-se.

·········

Eu permito que uma nova vida se revele a mim.
Eu permito que o meu propósito me encontre.

·········

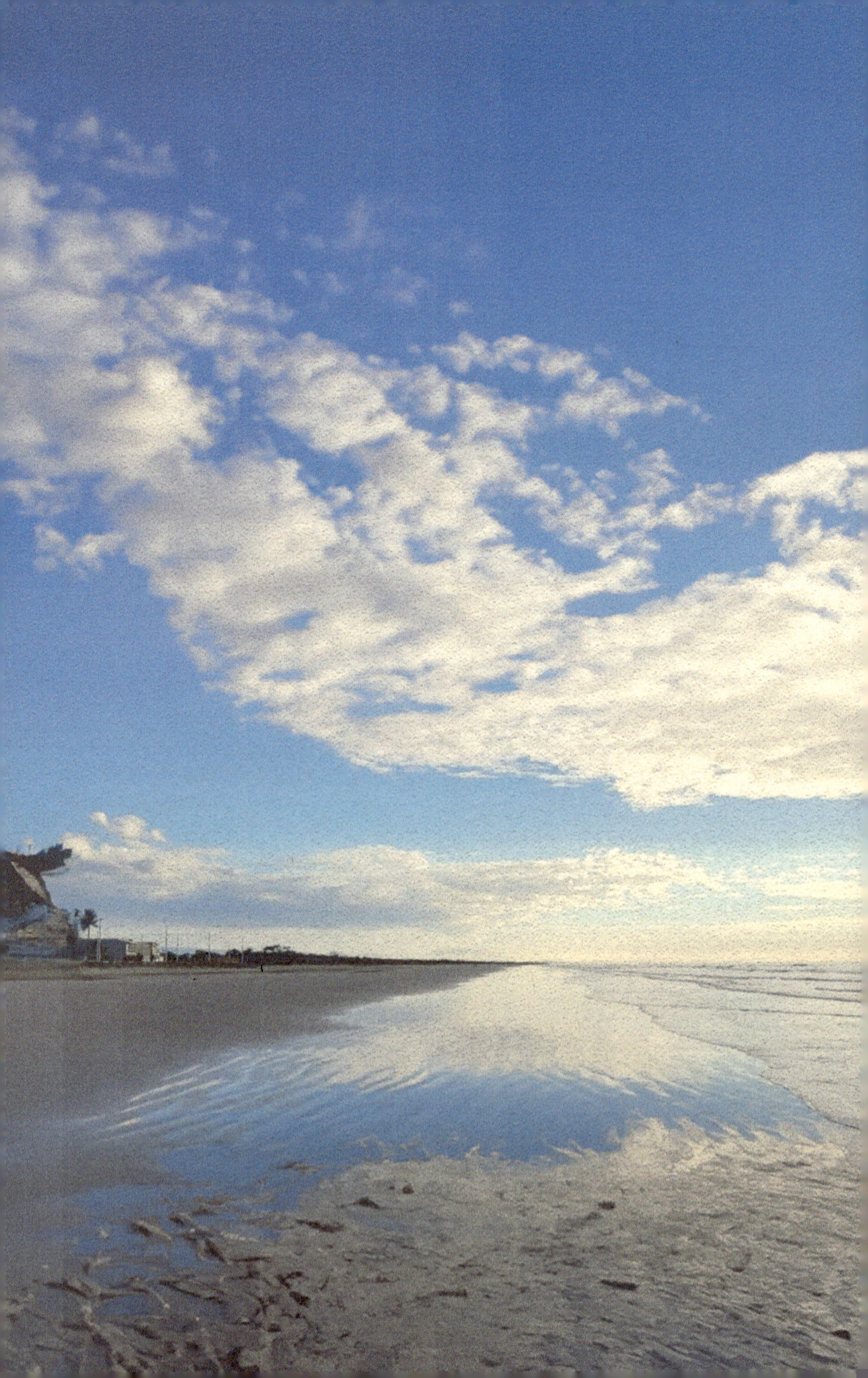

Caminho

Não me culpes se eu quiser ficar sozinho.
Minha solidão é a solidão do poeta,
buscando em si um caminho,
sem destino,
nem meta...
...eis um momento de rara magia,
autor e personagem se confundem,
se fundem,
nas rimas da poesia.

Necessidades do dia a dia

Aprendendo a lidar com elas

Quando sentimos dor, nossa tendência é tomar um analgésico para aliviá-la. É claro que ninguém gosta de sentir esse incômodo.

O problema é que não existem analgésicos para a dor emocional, em especial a dor do luto, aquele incômodo constante, mas que em alguns momentos parece apertar ainda mais. E gatilhos provocados por alguns acontecimentos podem ser responsáveis por isso.

Meu portão de alumínio quebrou num domingo à tarde e não conseguia consertá-lo, nem encontrar alguém para fazê-lo.

Uma rã pulou em mim quando abri o armário da cozinha.

O alarme disparou na madrugada.

Minha cachorrinha passou mal no meio da noite.

Uma barata voadora entrou na sala.

São inúmeras situações com as quais temos que aprender a lidar depois da partida dos nossos companheiros, principalmente quando passamos a morar sozinhas. Nós sabemos que não se trata só da saudade, mas das nossas rotinas, das parcerias, da proteção e segurança que nos proporcionavam.

Com o tempo vamos nos adaptando às novas atribuições. Dentre elas, acabei perdendo o medo que tinha de baratas (é claro que no início foi meio traumático), e o fato de não ter ninguém para dar um jeito nelas fez-me criar meu próprio jeito. Hoje, às vezes, só as varro para fora e está tudo bem. Quantas vezes eu gritava "mô!" e o Ju já aparecia com um chinelo na mão, pois sabia exatamente o que cada entonação de "mô" representava.

Manter a calma e entender que é perfeitamente normal passarmos por períodos de total impotência e adaptação pode nos ajudar a enfrentá-los com mais sanidade.

Para os pequenos reparos domésticos consegui contratar os famosos "faz-tudo" aqui do litoral. Bem diferentes do "faz-tudo" do filme nacional de 2017, *Os farofeiros*, mas como eles mesmos dizem, "o que não conseguem consertar, eles quebram".

Sugiro que tenha à mão telefones para emergências ou reparos. Se preferir, procure cursos de capacitação, pesquise na internet lives explicativas. Quanto mais preparada para pequenos imprevistos, menor a possibilidade de se sentir totalmente desamparada, o que pode agravar ainda mais o incômodo que sentimos.

· · · · · · · · ·

A partir de agora desenvolvo
capacidades nunca imaginadas.
Conto com apoio e parcerias para o que
não posso executar.

· · · · · · · · ·

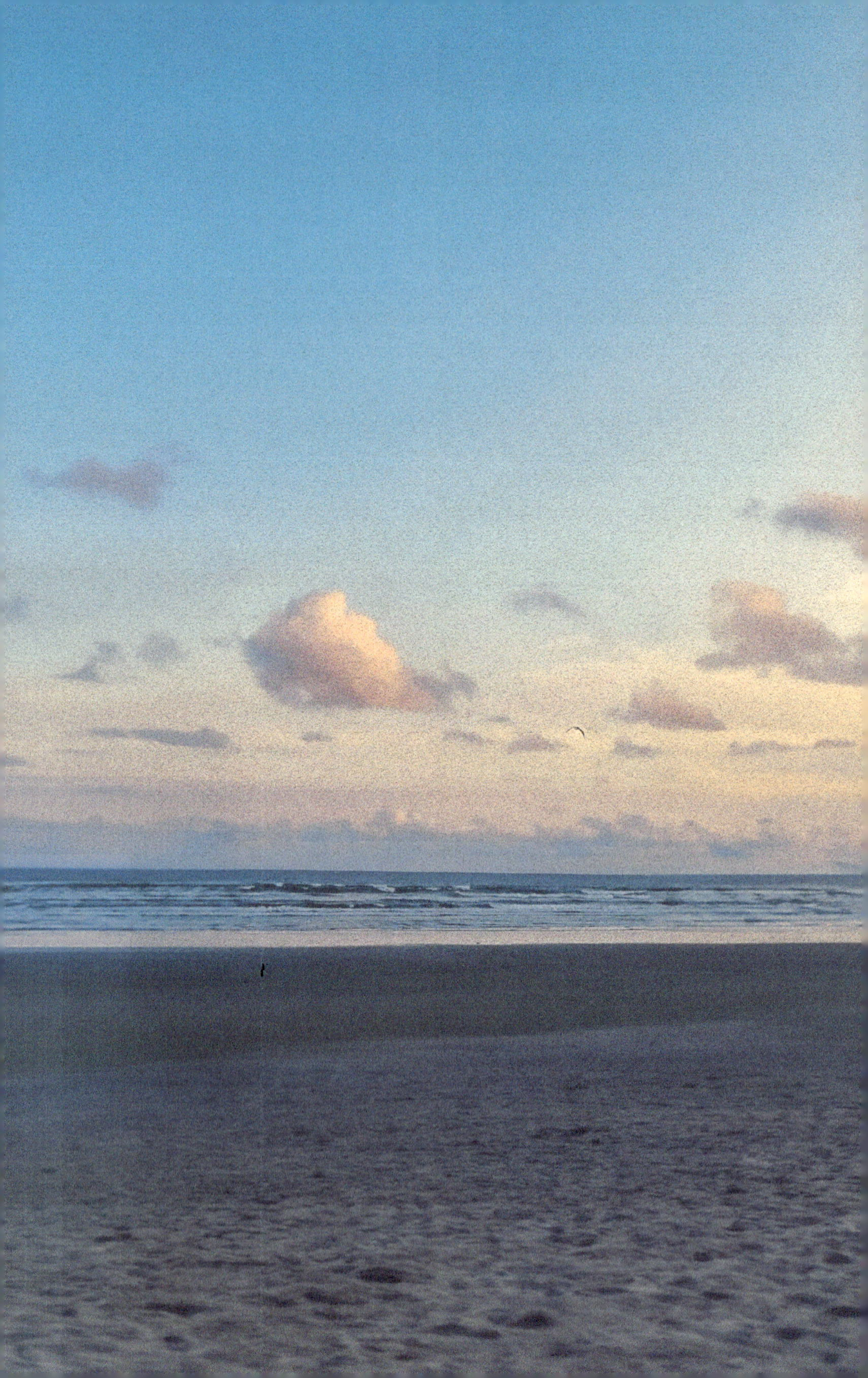

Continuar

Hoje vi um peixinho prateado perdido na areia, trazido pelas ondas.
Nadava rapidamente para retornar ao mar, e sua força de vontade chamou minha atenção.
"Continue a nadar", diria Dory, do filme *Procurando Nemo*.
Parece-me que quando estamos prosseguindo é mais fácil para o Universo ajeitar as coisas no meio do caminho.
Erguer nossas cabeças nos possibilita enxergar o que Deus tem para nos mostrar, nos ensinar.
Talvez por isso Jesus tenha dito tantas vezes: "Levanta".
Não se trata só do ato físico, mas da postura emocional ou mental.
Este nosso mundo não garante que não teremos algumas quedas tão próprias da existência, mas nós podemos garantir que vamos nos levantar em todas elas.
Continue... a nadar, a caminhar,
a sonhar e a acreditar.

Caminhe

Para nunca se esquecer que deve seguir em frente

Criei o hábito de caminhar na praia todos os dias. Sempre gostei de sentir a água do mar tocando meus pés, e a impressão que tenho é de que o contato deles com a areia e com a água alivia meus pensamentos.

Dizem que água salgada renova nossas energias, trazendo tranquilidade e relaxamento. Tantas vezes fiquei durante horas sentada na areia com água até a cintura, conversando, como se fosse com um terapeuta que apenas me observava com olhos misericordiosos.

Para mim existe algo além, o mar consegue silenciar nossa mente agitada e, assim, nos proporciona um contato maior não só com os nossos sentimentos, mas com o âmago do nosso Ser. Esse Ser que tem o poder de se conectar com a natureza, com os anjos, com Deus.

Caminhar nos lembra que devemos seguir em frente, não importa as circunstâncias. Muitas vezes fiz meu percurso sozinha ou acompanhada apenas de uma gaivota ou de uma garça, mas o mar não permite que sintamos solidão. Existe tanta vida fora e dentro dele! O som do ir e vir das ondas, as águas que tocam nossa pele e a imensidão no horizonte fazem com que nos defrontemos com a grandeza que interliga tudo, por isso não há espaço para nos sentirmos sós.

E solidão não é uma realidade, é apenas um estado mental causado por nossas emoções. Olhe ao seu redor e perceba como estamos rodeados de vida, de energia, de amor.

Ainda há muito o que fazer, não só por nós mesmas, mas também pelos outros, pelo planeta. O maior sinal de que não terminamos de cumprir nossa missão é que ainda estamos vivas.

Ao seguirmos em frente, damos oportunidade para o Universo nos mostrar o que o futuro pode nos reservar. Olhar para trás só vai nos paralisar e aumentar nossa tristeza.

Continue. Continue a orar, a acreditar, a confiar. E quando o caminho se abrir, no tempo certo, continue ainda mais.

Muitas vezes pensamos que se pararmos de sofrer, perderemos de vez quem amamos; é como se nos agarrássemos às lembranças, por medo de deixar ir. Mas isso não é verdade.

A forma mais acertada de honrarmos o amor que sentimos é fazendo o nosso melhor por nós mesmas, em primeiro lugar, e depois para os outros. É o que nossos amados esperariam de nós.

Outro dia ouvi alguém dizer que "seguir em frente não é esquecer, mas honrar o passado e todos os que fizeram parte dele". Gosto de acreditar nisso.

Escolho pensar que um dia, lá na frente, irei me reencontrar com o Ju e então vamos prestar contas de tudo o que fizemos nesse tempo que ficamos fisicamente separados, como dois grandes parceiros que trocam experiências sobre os cursos que fizeram.

Não quero decepcioná-lo, espero que ele se orgulhe do que eu me transformei depois de sua partida e de como seu amor foi capaz de me transformar numa pessoa melhor.

Eu costumo dizer para uma amiga, que também ficou viúva quatro meses antes de mim, que quando a vida nos dá um limão não é para esfregar nos nossos olhos, e sim para transformarmos em algo interessante; no dito popular, dizem que é uma caipirinha ou uma limonada.

E quanto maior o número de limões que a vida te der, mais abre-se o leque de variedades de coisas que você pode fazer, como uma mousse, uma torta de limão.

Se a vida neste momento está lhe oferecendo algo azedo, e nós bem sabemos que o luto é isso mesmo, com certeza é porque acredita em você, na sua capacidade de transcender e se transformar em alguém melhor, mais forte. E, por que não dizer, mais doce?

Acho importante acreditar que os desafios da vida, quando vencidos, nos levam a um patamar superior de compreensão e evolução.

Se não acreditarmos em nada, com certeza as coisas poderão ser azedas para sempre, afinal de contas, precisamos nos agarrar a uma esperança neste mundo caótico em que vivemos.

Em uma de minhas longas caminhadas pela praia, vi um pescador. Sua serenidade ao repor as iscas era de alguém que, mais do que conseguir um peixe, simplesmente estava apreciando o prazer de pescar.

Pensei em como a vida seria mais simples assim.

A esta altura dos acontecimentos, aceitar que existem leis naturais e imutáveis e que todos estamos sujeitos a elas me traz um pouco de serenidade.

Compreender que nada nesta vida nos pertence para sempre e apenas usufruímos de tudo que nos é dado nos faz refletir se realmente perdemos ou ganhamos a oportunidade de vivenciar uma história, um amor por um tempo determinado.

Às vezes ainda questiono por que algumas iscas se perdem no oceano, mas faz parte do processo. Também elas, as iscas perdidas, assumiram um outro papel na imensidão do oceano.

Quem sabe eu só precise focar menos as perdas e mais o que ainda está em minhas mãos.

No meu atual ponto de vista, acreditar na ideia de que tudo o que eu desejo vou conseguir do meu jeito é como comprar um terreno na lua. E espernear por isso parece-me apenas uma birra de criança.

Talvez na passagem bíblica "pedi e obtereis", "pedir" signifique mais render-se a uma força maior que nós mesmas, uma força que conhece todas as coisas e, principalmente, a diferença entre nosso querer e nosso precisar, e mais do que isso, qual o tempo necessário.

Quando olho para trás e vejo o quanto já caminhei, na praia e neste processo, percebo o quanto um passo de cada vez pode nos levar longe.

E enquanto não tenho certeza de tantas coisas, sigo com minha oração de cabeceira.

· · · · · · · · ·

Deus, fazei-me conhecer a tua vontade para a minha vida e protegei o meu caminho.

· · · · · · · ·

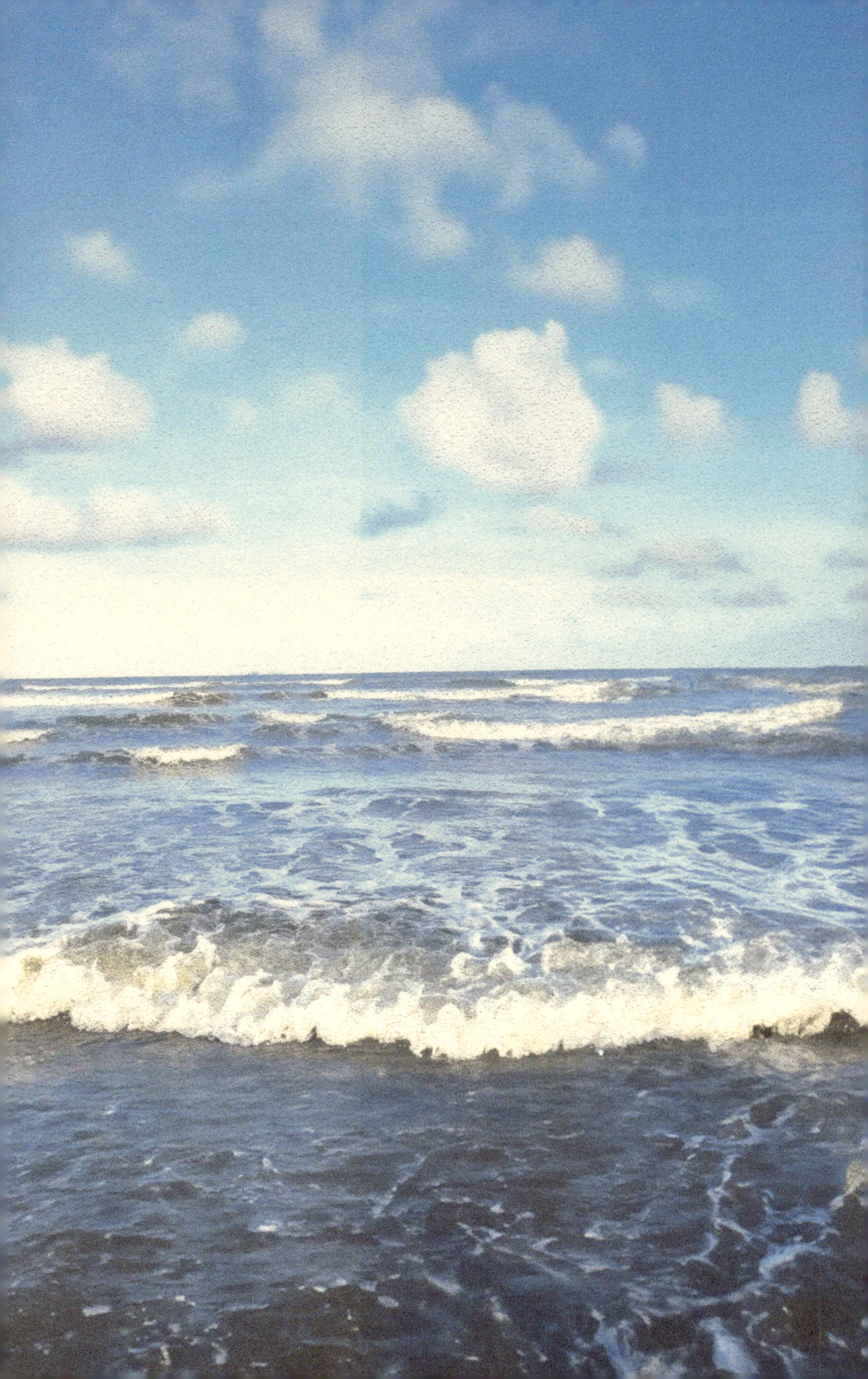

Véus

Ondas percorrem o mar da Minh'alma
Onde sondo
         encontrar
toda a calma.
Ainda sigo meu intento
         do meu caminho buscar.
E mesmo assim,
         me contento,
com o que o momento pode me dar...
Sem história,
         sem arrependimento.
Simplesmente viver
         com o coração repleto
de Consciência.
E enfim,
         descobrir-me completo
na transparência do véu do esquecimento.

Acalma-te, criança!

Tudo acontece no tempo certo

O outono sempre foi nossa estação favorita para visitar Peruíbe. Durante o dia, o céu e o mar encantam os turistas mais desavisados, intercalando tonalidades de azul. Uma brisa gostosa percorre as ruas, balançando as folhagens dos coqueiros. O sol permanece ameno, mas com um brilho ainda mais iluminado. À noite, a infinidade de estrelas clareia o céu e dá até para arriscar procurar um objeto voador não identificado entre elas.

Eu e o Ju fizemos muito isso.

Ele vivia me dizendo que queria ser abduzido pelos extraterrestres, e pelas histórias (ou estórias? não saberia afirmar com certeza) que ouvimos aqui na cidade, até pensei que um dia isso seria possível.

De qualquer maneira, ele foi abduzido da minha vida, com a diferença de que não tenho a esperança de que uma nave espacial o devolva, mesmo que seja com um chip implantado e alguns problemas de memória.

Uma das coisas que passei a fazer desde que me mudei para cá foi observar a natureza, o impacto das estações, dos ventos, das marés, enfim, descobrir como tudo tem seu tempo. Na natureza até entendemos isso, mas quando se trata de nossa vida, nem sempre também temos maturidade para esperar esse tal tempo.

Quando compreendemos que tudo neste planeta tem fases, nossa vida parece ficar um pouco mais simples. A impressão que tenho é de que neste mundo de inconstâncias só a luz é constante, mesmo envolta em tantos ciclos.

E quando aprendemos a aceitar a fase minguante em nossa vida com serenidade e paciência, ganhamos forças e sabedoria para as fases que virão.

Há quem diga que o tempo certo para a realização de algo é aquele que nós desejamos, senão já se torna errado. Se fosse assim, e para mim isso mais se parece com um conto de fadas, creio que seríamos eternos caprichosos e birrentos, como criancinhas que se jogam ao chão e gritam "quero agora".

O tempo nos prepara para o que está por vir, seja um desafio ou uma bênção.

O espaço entre o que queremos e a sua realização parece ser preenchido pela nossa capacitação. Parece estranho, mas precisamos estar preparados até mesmo para as coisas boas e nem sempre sabemos o que é preciso para sermos dignos do que desejamos.

Passes de mágica não parecem fazer parte desse processo. Tudo passa pela aprendizagem e pela fé.

Afinal, sem a dita fé não temos paciência para esperar nada e, como aquela criança, jogamos um brinquedo complexo longe, porque enjoamos de tentar entender como ele funciona.

A maturidade vai exigir ferramentas das quais muitas vezes só vamos dispor no meio do caminho, se tivermos a confiança e a perseverança para seguirmos nossa jornada.

Então, não se leve tão a sério se ainda se sente impaciente, sem perspectivas. Tudo tende a passar. Pensamentos, sentimentos mudam como as nuvens no céu, o tempo todo.

A vida segue seu próprio rumo, apesar de nossas crenças, dos nossos esforços, apesar de nossa vontade. Apesar de tudo.

O que fica finalmente são as lembranças, o aprendizado, o amor. Esses, sim, são para sempre.

E como dizem, "a saudade é o amor que ficou".

Hoje, observando a perfeição da chuva caindo no jardim, pensei em como tudo é abundante na natureza. Talvez muitos de nós não percebamos porque estamos muito preocupados com as criações humanas, como dinheiro, posses, aparência e nossos mirabolantes planos imperfeitos.

Somos prósperos de tantas coisas e não nos damos conta, recebemos tantas bênçãos e não agradecemos, talvez porque com nossa compreensão limitada nem identifiquemos que é uma bênção.

A natureza é uma grande bênção, um passaporte para a vida, para a arte e para a conexão com o Criador de tudo isso.

Talvez hoje, apesar da grande saudade que sinto, eu só precise agradecer pela vida, pela chuva e pelo vento fresco que invadiu minha sala. Pelo lindo gavião que pousou no meu jardim e por todos os milagres que estão acontecendo ao meu redor, mesmo que a minha ignorância dos desígnios divinos me impeça de enxergá-los.

Pelo que você pode agradecer hoje?

· · · · · · · · ·

Que eu tenha fé e coragem para buscar meu caminho. Discernimento e sabedoria para identificá-lo. Gratidão para perceber os milagres que me rodeiam.

· · · · · · · · ·

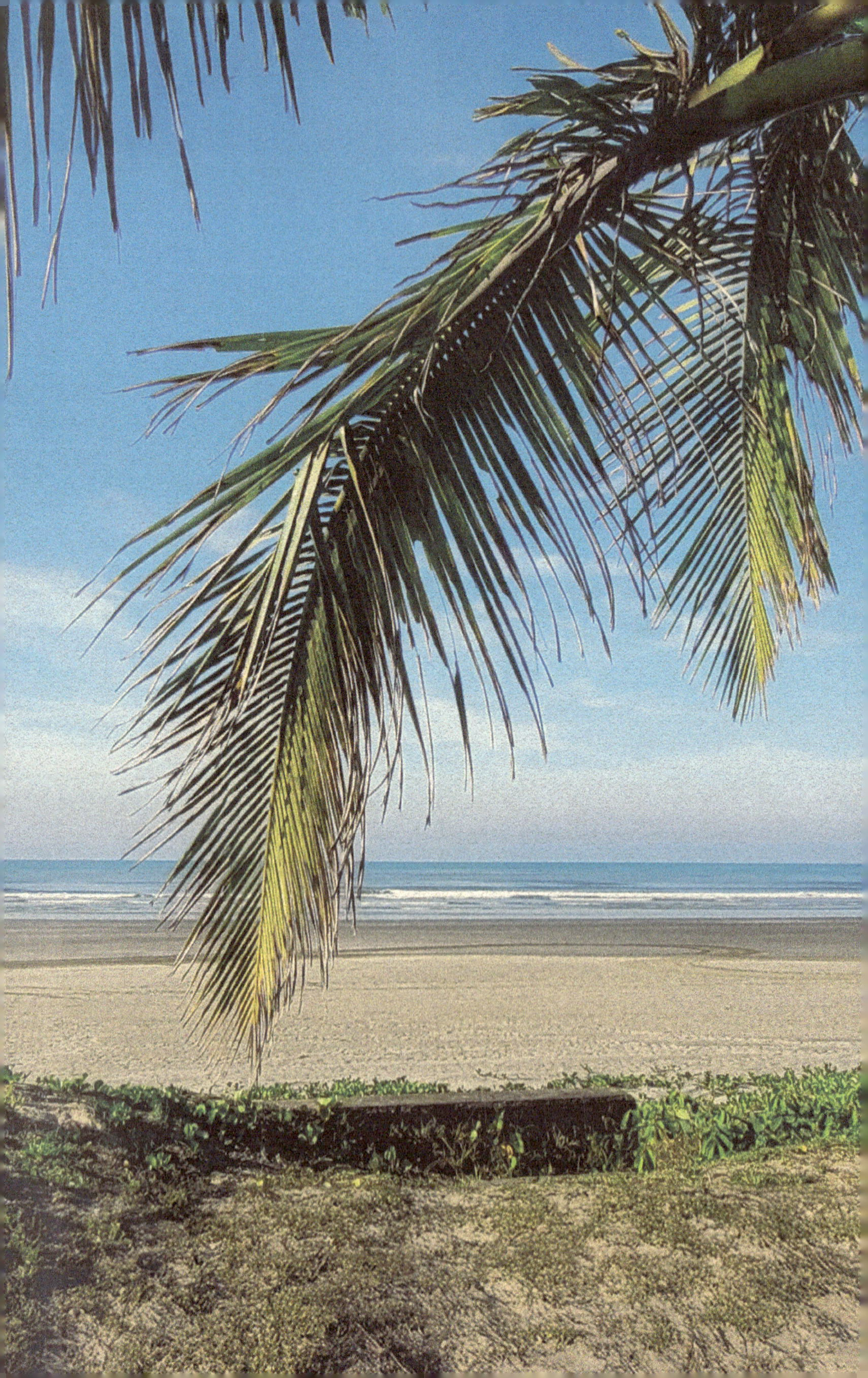

Além

Além do que chamo de tudo,
além da individualidade,
além do escudo
que me separa de mim mesma,
brilha a Consciência,
serena,
plena,
à margem,
em sua própria Arte.
Há quem diga que de energia é repleta.
Mas eu,
neste breve personagem,
tenho uma única certeza
que em meu peito arde,
ela é completa.

Compartilhando seus avanços

Nossas experiências podem contribuir com outras pessoas

O Ju sempre me dizia que "uma dor compartilhada é uma dor diminuída". Nunca imaginei que um dia eu utilizaria isso na sua partida.

Durante algum tempo achei que o silêncio era meu melhor companheiro, depois me confidenciei com o mar e com uma árvore anciã que posso avistar do fundo do meu jardim. Quantas vezes a vejo acolhendo pica-paus-de-cabeça-amarela, periquitos, canários, tiês-sangue, bem-te-vis.

Foram bons ouvintes; às vezes eu até podia escutar mentalmente um conselho ou um consolo, que escolhi acreditar que era de um anjo bom ou de Deus, embora acredite que a natureza tem o poder de nos conectar com a sabedoria.

Mas o interessante é que em cinco meses aqui em Peruíbe conheci mais viúvas que na minha vida inteira. Parece que o Universo também se encarrega de aproximar os afins.

Penso que, por mais que familiares ou amigos possam nos ouvir ou consolar, só quem já passou ou passa pelo mesmo processo consegue compreender, e quem sabe auxiliar, com suas próprias experiências.

Alguém que já passou pelo luto e encontrou uma nova forma de viver nos mostra que é possível enxergar uma luz no fundo desse túnel.

Talvez por isso existam tantos grupos; destaco os chamados "anônimos", que auxiliam na recuperação dos mais diversos vícios. Há grupos de apoio para vários problemas que possamos enfrentar na vida.

Todos são unânimes em reconhecer as dificuldades, mas também em reconhecer as possibilidades. Há uma linha tênue que separa o antes e o depois do luto.

A empatia nos faz mais fortes e muitas vezes nos inspiramos nas outras pessoas para chegarmos aos nossos objetivos.

Conheci muitas pessoas nessa fase, mulheres que como eu perderam a presença física de seus parceiros. Marcamos cafés, almoços, conversas ao telefone, foram trocas de sentimentos, de lutas e de vitórias. Acabamos percebendo que mesmo no meio do caos é possível encontrar um pouco de humor e serenidade.

Sem falar que muitas vezes, quando ajudamos alguém a se reerguer, somos nós que nos reerguemos primeiro.

Sugiro que organizem reuniões com pessoas que já passaram ou passam pelo processo. Um café, uma caminhada para conversar, um cinema, um passeio. Fizemos muito isso.

Como disse uma querida que conheci aqui em Peruíbe: "Nós, mulheres, precisamos nos ajudar".

·········

Não estou sozinha nesse processo, muitas já passaram por este caminho. Nossas experiências podem nos ajudar mutuamente.

·········

Retorno

Mistérios...
do mar,
do ar,
da vida.
Quem os desvendará
senão a parte
mais sublime do meu ser?
Anseio merecer,
Ilustrar-te
numa obra de arte.
Responda-me, vida:
onde andará minha parte perdida?
meu retorno,
minha ida.

Reaprendendo a ter prazer e alegria no dia a dia

Comer, rezar e caminhar

Quando procurei uma terapeuta no segundo mês após a partida do Ju, a primeira coisa que ela me aconselhou foi que eu deveria fazer coisas que me davam prazer.

Nessas coisas se incluíam comer o que eu gosto, passear, assistir a filmes, sair com amigos, viajar, me cuidar.

Nos primeiros meses acho que "enfiei o pé na jaca", como alguns dizem, e acabei até ganhando uma medida extra que depois compensei me matriculando numa academia novamente.

Afinal, não passaria impune ao açaí semanal completo e às minhas amadas paçocas. Sem falar que aqui em Peruíbe tem os pães de maçã, uma versão nada diet dos famosos *strudels*.

Como conhecia poucas pessoas em Peruíbe, costumava ir almoçar sozinha pelo menos uma vez na semana e visitar os cafés.

Estava vivendo uma versão tupiniquim da personagem Elizabeth Gilbert do filme *Comer, Rezar, Amar*. Com a diferença de que troquei o amar por caminhar.

Alguns restaurantes eu já tinha frequentado com o Ju, mas descobri que num primeiro momento seria interessante eu procurar lugares novos, descarregados de tantas lembranças que só iriam atrasar meu processo.

Aprender a apreciar minha própria companhia me daria um suporte para quando eu tivesse que me relacionar futuramente com outras pessoas.

E por mais que possa parecer difícil, quanto mais cedo nós nos desafiarmos a isso, mais rápido aprenderemos que precisamos desenvolver nossas âncoras internas, porque no final das contas são elas que vão nos manter centradas em nossos objetivos.

Não adianta tentarmos nos apoiar nas outras pessoas para sempre, nós sabemos que depois dos primeiros dias cada um segue com sua vida e nós teremos que seguir também, de um jeito ou de outro.

É mais um desafio a ser trabalhado, mas eu acredito que os desafios enfrentados não surgem para nos derrubar, e sim para nos elevar, nos dar asas. Se não fosse assim, para que serviriam?

Gosto muito de uma música gospel, da cantora Nathália Braga, chamada "Deus está te ensinando". Ela diz assim: "A tua história foi escrita para inspirar. Cada detalhe da tua vida para preparar. Coisas maiores desenhadas pelas mãos de Deus. Ninguém entende os momentos que você passou. Enquanto muitos te julgaram Deus te ajudou".

Pode ser que no início mais pareçamos uma mariposa, mas com tempo e dedicação vamos acrescentando às nossas asas mais leveza, cor e beleza. E mesmo a mariposa sem nenhum brilho, às vezes até assustadora, também está em busca da luz.

Enquanto escrevo este capítulo, se comemora o dia da Felicidade e, acho que não por coincidência, a mudança da estação. Quem sabe seja só para nos lembrar que, apesar de todas as mudanças em nossa vida, a felicidade pode estar presente onde a colocarmos, sem expectativas ou frustrações.

Isso porque não me parece que é a felicidade que nos encontra, somos nós que a reconhecemos nos pequenos detalhes do nosso dia a dia.

E com o tempo a gente acaba percebendo que ser feliz é mais uma escolha do que uma condição.

Faça a escolha de ser feliz hoje.

· · · · · · · · ·

Escolho fazer coisas que me dão prazer e alegria. Aprecio minha companhia. Estou sempre buscando fazer algo novo.

· · · · · · · · ·

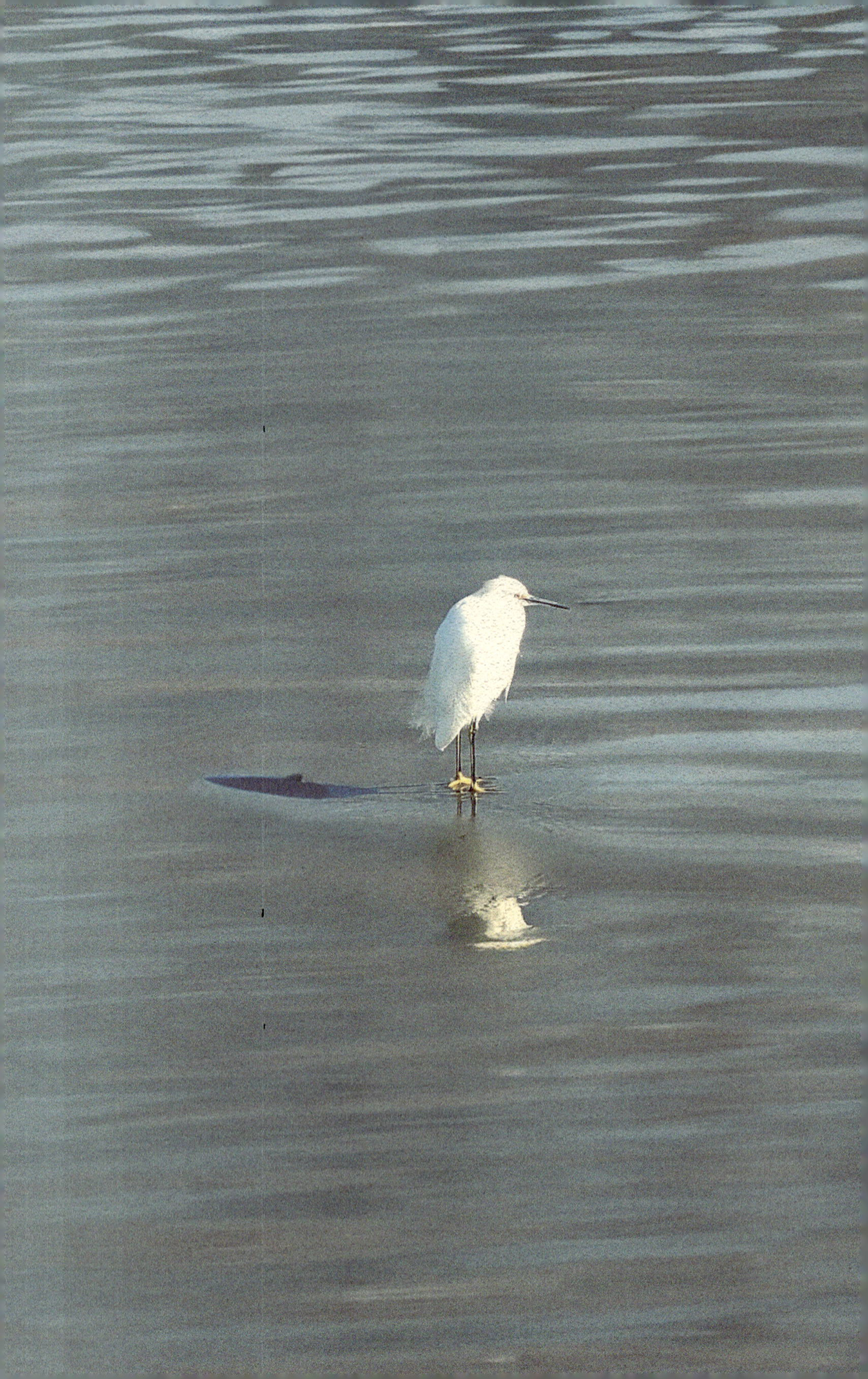

Presente

Hoje ganhei uma rosa de alguém especial.
Da natureza, de Deus.
Como sei que é para mim?
Porque só eu visito o meu jardim.
Convido você a observar os presentes que Deus lhe envia todos os dias.
São muitos, talvez por esse motivo nem sempre percebemos.
Quem sabe se ficássemos mais atentas, poderíamos descobrir como estamos rodeadas de amor.
É na natureza que enxergo o amor de Deus por mim.
No sol nascendo todos os dias, independentemente do que penso ou sinto.
Nas ondas do mar que se quebram sobre mim.
Na brisa suave que toca meu rosto.
Nos siris que retornam graciosamente para o mar.
Nas garças e gaivotas que me acompanham na praia.
Nos pássaros coloridos que visitam meu jardim.
Não sei que momento você está vivendo na sua vida,
mas com certeza o Divino está aí com você.
Assim, seguimos confiando num Deus que está cuidando de todas as coisas e de nossa vida, mesmo que tudo que você perceba seja o silêncio, mas não haveria som se não houvesse o silêncio, parafraseando Lulu Santos.
A mesma grandeza que impede as águas do mar de invadirem a terra é a que faz nosso coração pulsar.
E isso é Amor.

Procure cercar-se de amor

E perceber isso

O inverno chegou, trazendo muitas lembranças do Ju.

No inverno ele era meu aquecedor, e não só por ser quentinho (eu não compreendia como alguém podia ter mãos e pés quentes enquanto os meus não se aqueciam nem com luvas e meias), ele também era o "homem do fogo": improvisava fogueiras com álcool para aquecer o banheiro para meu banho, organizava os aquecedores e sempre checava a temperatura de forma que tudo ficasse agradável todo o tempo. Quantas noites acordei com ele me cobrindo e verificando se eu estava aquecida! Sem falar dos chocolates quentes e das mantas que trazia para me cobrir no sofá, enquanto assistíamos à televisão.

Foi numa dessas tardes frias e cinza de inverno em Peruíbe que uma tristeza densa tomou conta de mim e as lágrimas voltaram a me visitar novamente. A saudade tornava tudo ainda mais frio, e o que eu desejava era poder voltar no tempo para aquecer minhas mãos nas mãos de quem tanto amei.

Fechei meus olhos e pedi a Deus e aos meus mentores que me ajudassem a passar por aquele momento de dor.

Naquele momento a nossa cachorrinha Pipoca e a gatinha Ragnar se aproximaram de mim e se aninharam para me aquecer. Pipoca com sua velha mania de me lamber, e Ragnar ronronando e olhando fixamente em meus olhos.

A impressão que tive era de que a sala ficou aquecida como por um encanto. Mas nunca houve um encanto, foi sempre o amor de Deus.

Era tanto amor que me emocionei. Desta vez minhas lágrimas eram de gratidão.

Eu tinha entendido a mensagem.

Quando abrimos nosso coração para todo o amor que existe no Universo, sem escolhermos de onde ou de que modo chegará até nós, começamos a receber esse amor das mais diversas formas, lugares e pessoas.

O grande problema de nós, humanos, é que determinamos de quem queremos receber o amor, restringindo esse sentimento magnífico que permeia todas as coisas.

Nós nos acostumamos tanto a receber o amor das pessoas mais próximas que, muitas vezes, nem nos damos conta do amor existente em nossa vida, vindo de outras fontes.

É claro que gostaríamos de receber o amor de quem partiu, é como se nenhum outro amor pudesse preencher aquele que sentimos. E não vai, mas se um grande amor não está mais presente, por que não permitir que esse sentimento se dilua nas coisas e pessoas que nos cercam, na natureza, no autoamor?

Assim, quem sabe, ele estará mais próximo do que nunca poderíamos imaginar...

Seria saudável aceitarmos isso, nunca um amor irá substituir outro. Isso não acontece nem com nossos bichinhos de estimação. Aquela velha expressão "um amor substitui outro" com certeza foi escrita por quem nunca amou verdadeiramente. Mas não podemos anular nossa capacidade de amar e receber esse amor que nos cerca.

A melhor forma de conseguirmos isso é aceitarmos todas as formas de amor e tentarmos eliminar as comparações. Toda vez que tentamos buscar o amor que já não está conosco fisicamente, corremos o risco de nos frustrar e cair numa busca sem fim.

Gosto de pensar que, onde estiver, o Ju continua me amando, mas eu tenho que aceitar essa nova forma de amar, sem um contato visual ou físico.

Um dia ouvi numa palestra que a morte vem nos ensinar que o amor transcende toda a matéria, porque amamos muito mais que um corpo, amamos o espírito. Decidi acreditar que nosso amor vencerá a morte e que um dia estaremos juntos novamente.

Você pode ter outras crenças, mas sinceramente escolhi acreditar no que me consola e me inspira a viver cada dia de uma forma que honre o amor que vivenciamos por aqui.

E o que mais me surpreendeu é perceber como o mundo está rodeado de amor, o mar é um exemplo disso. Como dizem, "não é à toa que o verbo amar tem o mar inteiro dentro dele".

. . . .
Reconheço o amor que me rodeia e compartilho o que tenho de melhor.

. . . .

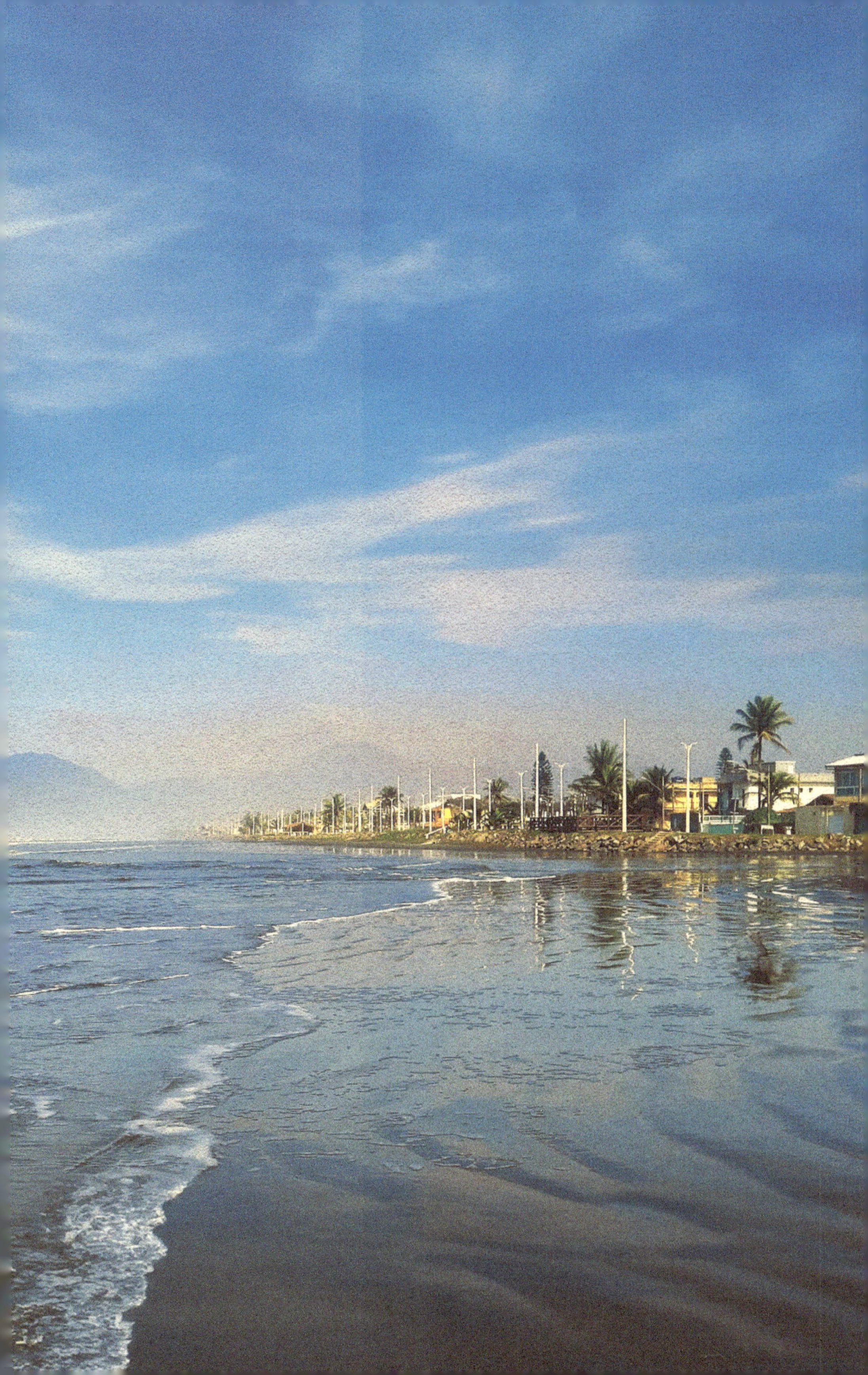

Ponte

Saudades? Muitas.
Tristeza? Às vezes.
Fé? Sempre.
Mas quando damos o primeiro passo em direção aos nossos sonhos, o Universo nos acompanha.
No meu simples ponto de vista, essa, sim, é a lei da atração.
Como escreveu Nietzsche: "ninguém pode construir para você a ponte sobre a qual você deve cruzar o fluxo da vida.
Ninguém pode fazer isso além de você mesmo".

Atualizando os planos

Confiando no futuro

Quando eu e o Ju nos mudamos para Peruíbe, tínhamos feito muitos planos para executarmos juntos, inclusive na área profissional. Planos que também foram enterrados dois meses depois.

Até analisei se poderia seguir em frente com algum deles, mas percebi que para a realização de qualquer um dos nossos projetos iniciais era imprescindível a participação do Ju.

Este é um luto à parte, renunciar a tantas coisas já projetadas na nossa cabeça. Mas se o lema é "seguir em frente", temos que superar isso também, não é mesmo?

Então, seria mais interessante nos cercarmos de possibilidades, e não de frustrações. É importante não esquecermos de que podemos sempre mais, se acreditarmos e nos dedicarmos.

Como disse Lao Tzu: "Quando eu me desapego do que sou, eu me torno o que devo ser".

No meu famoso caderno decidi fazer uma lista de todos os nossos planos irrealizados e irrealizáveis, entreguei a Deus e agradeci a oportunidade de ter pelo menos sonhado e idealizado tudo aquilo com o Ju. Escolhi pensar que não era para nós ou talvez não fosse o momento, e isso me trouxe paz.

O bom de sermos humanos é que nós podemos escolher uma forma de pensar que nos traga serenidade.

De que adianta ficar brigando com o Universo por coisas sobre as quais não temos mais nenhum controle? Se é que um dia tivemos.

Queimei o papel, não por nenhuma crença, mas para deixar claro para a minha mente que esse era um ciclo encerrado.

Como já disse, às vezes a mente precisa de rituais para entender, e o fogo colocava fim naquelas expectativas, para que eu realmente virasse a página.

Foi o que fiz. Enumerei dez planos para o futuro e sugiro que você faça isso. Se for difícil conseguir dez no momento, porque muitas vezes ficamos indecisos até em relação ao que queremos, faça cinco, três, um, não importa. Descreva com detalhe seus planos e data prevista para realização, isso reforça a nossa confiança.

Não esqueça de colocar na sua lista "encontrar novas maneiras de ser feliz".

· · · · · · · · ·

Agradeço por todos os planos que não foram realizados.
Dou boas-vindas à infinidade de projetos que ainda estão por vir.

· · · · · · · · ·

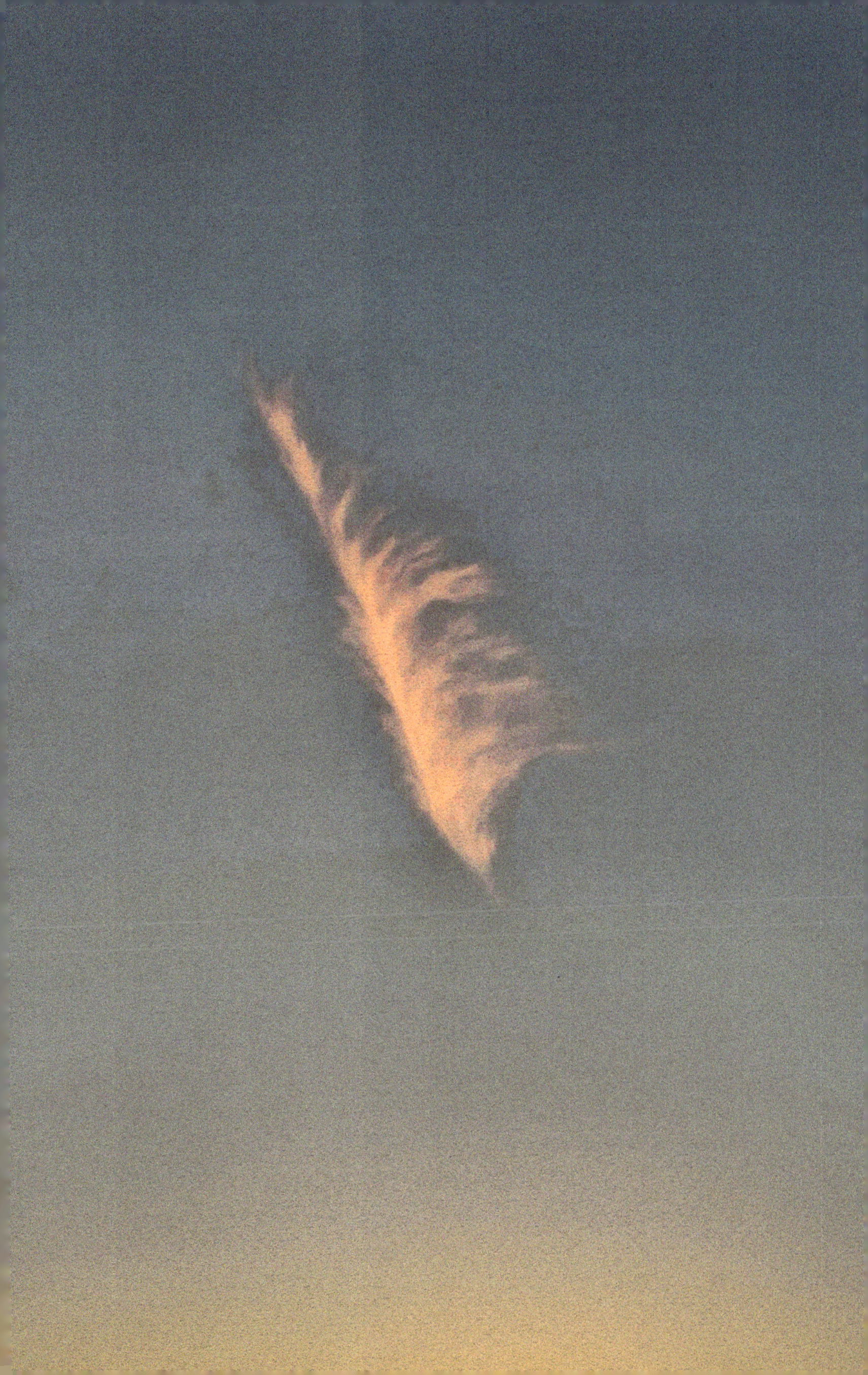

Nuvens

Dizem que podemos moldar
a realidade,
cada um a seu tempo,
como nuvens ao toque do vento.
Se isso for verdade,
será um alento
saber que podemos
encontrar
a tão sonhada felicidade...

Dicas para um dia feliz:
Agradecer - ok
Fazer um café - ok
Tomar um banho de mar - ok
Sorrir - ok
Dançar - ok
Cantar - ok
Como dizem por aí... "o treino está pago".

Rotinas saudáveis

Crie seu checklist

Quando o Ju pensou na nossa mudança para Peruíbe e insistentemente queria me convencer disso, incluiu em seus grandes argumentos a qualidade de vida que teríamos ao morar no litoral.

Na sua lista de rotinas, faríamos caminhadas matinais diárias. Confesso que queria ver isso, o Ju não costumava acordar cedo.

Depois dos primeiros meses nessa loucura que vivemos durante o luto, com sono, alimentação e hábitos totalmente bagunçados, chega a hora de retornarmos às nossas rotinas saudáveis.

E quando digo rotinas saudáveis, não estou me referindo somente àquelas relacionadas à saúde física, como alimentação, exercícios, descanso, mas também àquelas que podem promover melhor saúde mental e emocional.

Destaco tudo o que possa trazer relaxamento, bem-estar e alegria. Às vezes um simples bate-papo com pessoas de alto astral já preenche essa parte, afinal, risadas, e de preferência gargalhadas, fazem um bem danado para nossa saúde.

Independentemente do que estamos vivendo, sempre teremos acontecimentos engraçados para relembrar. Ou novos motivos para sorrir.

Lembro-me de uma tarde em que eu e um casal de amigos fomos visitar o terraço da associação dos funcionários públicos aqui em Peruíbe.

Eu vi um pássaro grande voando longe e logo gritei: "Olha uma arara". A minha absoluta certeza vinha de uma outra tarde em que encontrei uma arara voando na minha rua.

Meu amigo respondeu prontamente: "Não é arara, é urubu". A tonalidade da sua voz e a cara que fez foram hilárias. Sem falar das pessoas que estavam próximas, procurando a minha imaginada e linda arara. Até hoje rimos muito quando nos lembramos daquele dia.

Se ainda não começou, é hora de cuidar do seu corpo. Procure organizar uma rotina de exercícios. Se não tem intenção de frequentar uma academia, existe uma infinidade de aulas online, embora as presenciais possam ser mais motivadoras, além da oportunidade de conhecer muitas pessoas. Existem várias modalidades para os mais diversos gostos, desde uma simples caminhada até esportes mais radicais.

Cuide da sua alimentação, mas dê espaço para curtir suas preferências de vez em quando, desde que não haja restrições médicas. É claro que um docinho ou um chocolate se encaixam bem quando estamos muito chateadas. Acredito que esse não é um momento para ser radical, aos poucos tudo vai entrando novamente nos eixos.

Sugiro que inclua meditação na sua rotina. Se não tem afinidade com o estilo de fechar os olhos e tentar esvaziar a mente, que é o meu caso, entre em contato com a natureza. Gosto de relaxar observando as plantas, o mar, as árvores, os animais.

Reserve um tempo para assistir a comédias ou documentários sobre sua área de interesse. Eu, pessoalmente, deixei de assistir a noticiários. Com essa onda de más notícias, eles só tendem a aumentar nossa ansiedade e preocupação.

Se fiquei alienada por isso? Bem, quando o assunto é tragédia, sim. Acabamos percebendo que assisti-las não altera nada, e se algo pode ser mudado, será com nossa disposição em ajudar de alguma forma, seja material ou simplesmente com orações e boas vibrações.

Faça um curso sobre um assunto que realmente lhe interesse. Se não puder fazer presencial ou no momento estiver sem condições de investir, não tem desculpas. Existem centenas de cursos gratuitos na internet, inclusive com grupos de WhatsApp que possibilitam uma interação entre os participantes. Conheci pessoas que fizeram amigos exatamente nesses grupos de interesse comum.

Se aprecia as artes, existem muitas opções: música, teatro, pintura e toda uma variedade de artesanatos. E para as mais tradicionais, o velho tricô ou o bordado podem distrair ou preencher a mente num momento de ansiedade.

A sugestão é que você utilize sua agenda para organizar seus horários e encaixar suas rotinas saudáveis nos espaços livres.

E por falar em agenda, se possível, anote tudo o que você faz no dia a dia e separe o que é para sobrevivência (tipo comer, tomar banho, dormir...) e o que de alguma forma pode contribuir para seu desenvolvimento em médio ou longo prazos, por exemplo, um curso.

Quanto maior sua lista de atitudes proativas, visando uma vida melhor, mais você irá se incentivar para buscar novas atividades.

Encare sua vida como uma empresa que passou por um grande desafio.

Você, como CEO dessa empresa, precisa agora não só fazer adequações, mas expandir.

· · · · · · · · ·

Decido incluir no meu dia a dia hábitos saudáveis e aumentar minha lista de atitudes proativas que vão expandir minha vida.

· · · · · · · · ·

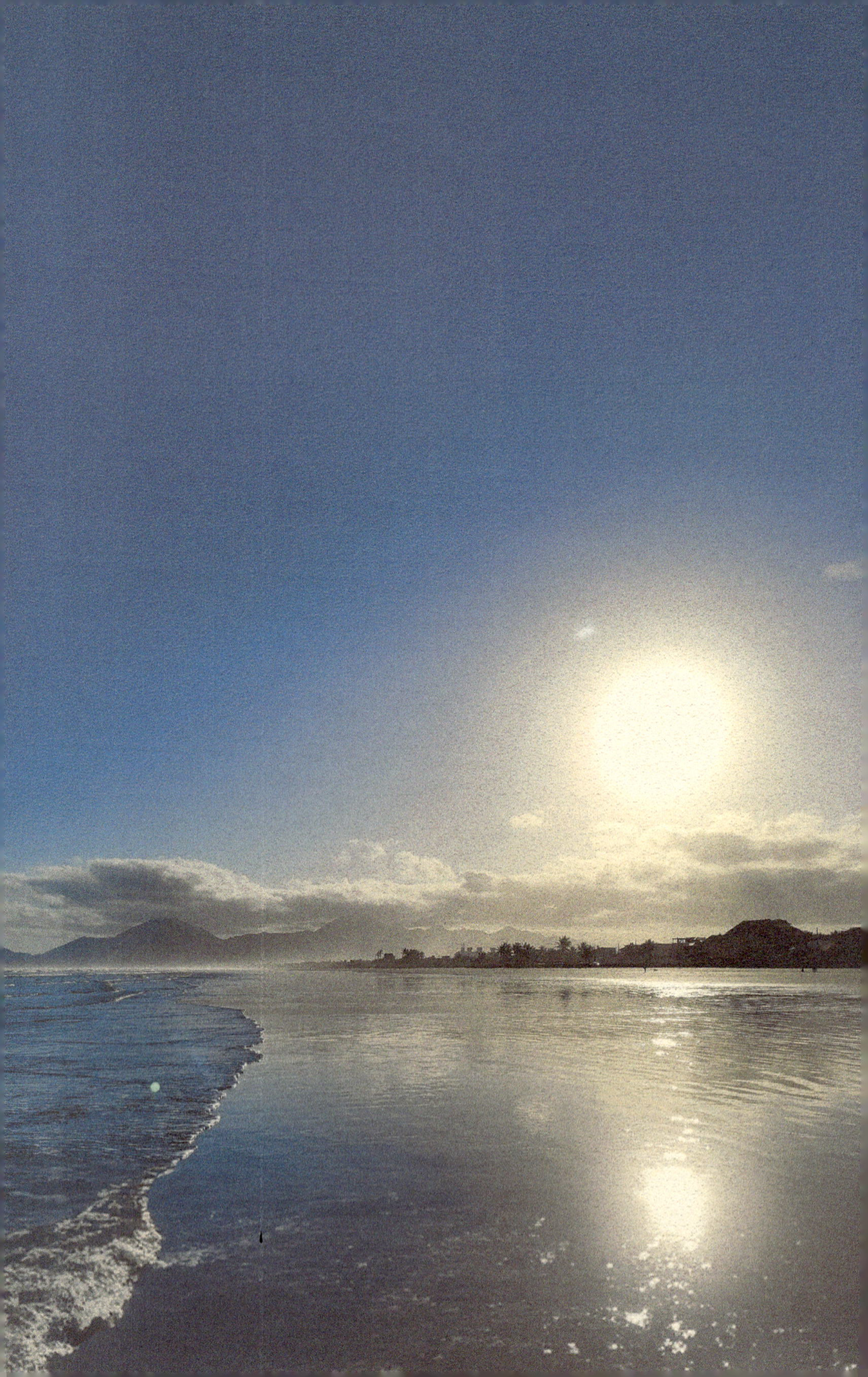

Escolhas

Num mundo tão racional e desconectado de si mesmo
às vezes é bom deixar o coração escolher.
Escolher seus sonhos,
seu lugar.
Nem sempre temos o controle do destino,
e quem ainda defende isso
não passou pelos imprevistos da vida.
Decidir como nos posicionamos
diante daquilo que não escolhemos
sempre estará em nossas mãos.

Sonhos considerados impossíveis

Para quem?

Nós conversávamos muito sobre nossos sonhos. Há uns cinco anos, o Ju apareceu com uma novidade — queria montar um motorhome numa Kombi e viajar sem destino. Foi incentivado pelos vários canais do YouTube criados por pessoas que largaram tudo e se aventuraram pelo mundo afora.

Na época eu ainda não tinha me aposentado, o que inviabilizava o seu projeto, sem falar que me imaginar dormindo numa Kombi com o Ju, que media 1,88 m, me parecia um tanto desconfortável.

Foi um sonho engavetado, daqueles que de vez em quando abrimos a gaveta, damos uma olhadinha e a fechamos novamente.

Hoje fico pensando se não deveria ter embarcado naquela Kombi com o Ju, mesmo que fosse em pequenos passeios de final de semana. Só mais um "deveria".

Seu próximo sonho foi morar em Peruíbe. Mais uma vez eu relutei no começo, mas em maio de 2023 nosso amado *shitzu* Shu morreu de repente, o que nos abalou profundamente.

Nossa casa era grande, mas só percebemos isso com a partida do Shu. A partir daquele dia o "quero morar em Peruíbe" ficou mais intenso e eu mesma acabei me convencendo de que seria uma boa opção.

Fico feliz que, mesmo por um pequeno tempo, o Ju conseguiu realizar seu sonho.

Eu nunca economizei neles, sempre pensei grande, e como diz minha mãe: "Sonhar não custa nada". E não custa mesmo.

Sempre digo, brincando: "Deus, me dá dinheiro ou tira meu bom gosto". Como ele ainda não tirou o meu bom gosto, é provável que o dinheiro chegue para eu realizar meus sonhos mirabolantes. Ou não. Não importa, sonhar enriquece nossa alma, nos faz seguir em frente.

O físico alemão Albert Einstein escreveu que "não existem sonhos impossíveis para aqueles que realmente acreditam que o poder realizador reside no interior de cada ser humano. Sempre que alguém descobre esse poder, algo antes considerado impossível se torna realidade."

Vamos ver o que a Bíblia fala sobre isso. Em Provérbios 19:21, lemos que "muitos são os planos no coração do homem, mas o que prevalece é o propósito do Senhor".

Heureca!

Parece que o que precisamos alinhar é nossa vontade com a vontade de Deus ou do nosso Poder Superior, como você melhor entender.

Desde que nossos sonhos foram por água abaixo quando chegamos aqui em Peruíbe, passei a me questionar até que ponto meus planos faziam realmente diferença.

E quando percebi que nem sempre nossos planos são os planos de Deus, desse Poder Superior para nós, mudei minha forma de orar. Se a vontade de Deus está acontecendo o tempo todo, cabe a mim agradecer e aprender a interagir com ela, dando o meu melhor.

Sinto que nossa vida se parece com um grande quebra-cabeça sem foto de referência na caixa, em que as peças vão se encaixando à medida que vamos montando.

Não dá para adiantar a montagem das peças enquanto não chega o momento certo, pois ficarão espalhadas com as outras que também aguardam sua vez.

Só mesmo quem criou tudo isso tem noção da imagem completa; a nós cabe ficarmos atentos, identificando o momento exato do encaixe de cada peça.

Confiar que tudo está caminhando de acordo com a vontade de algo maior, que me ama e quer meu bem, me trouxe a tranquilidade que eu busquei a vida toda.

Aprendi, assim, a não questionar as peças do meu quebra-cabeça, apenas observar se as que posso identificar como certas estão bem encaixadas.

Hoje creio que não existe um só grão de areia fora do lugar; se ainda não percebemos isso, é porque ainda não temos olhos preparados para ver.

E embora seja eu a responsável pela montagem, penso que o resultado foi projetado por um plano superior, maior do que minha compreensão pode abranger.

Talvez seja por isso que muitas vezes não sabemos nem pedir, porque não temos noção do que realmente podemos fazer ou conseguir.

E mesmo que um sonho pareça impossível, se estiver nos planos de Deus para você, com certeza o Universo vai se mobilizar para realizá-lo.

·········

Deus, fazei-me conhecer o meu propósito, a sua vontade para a minha vida. E que o Universo todo me ajude a realizá-lo.

·········

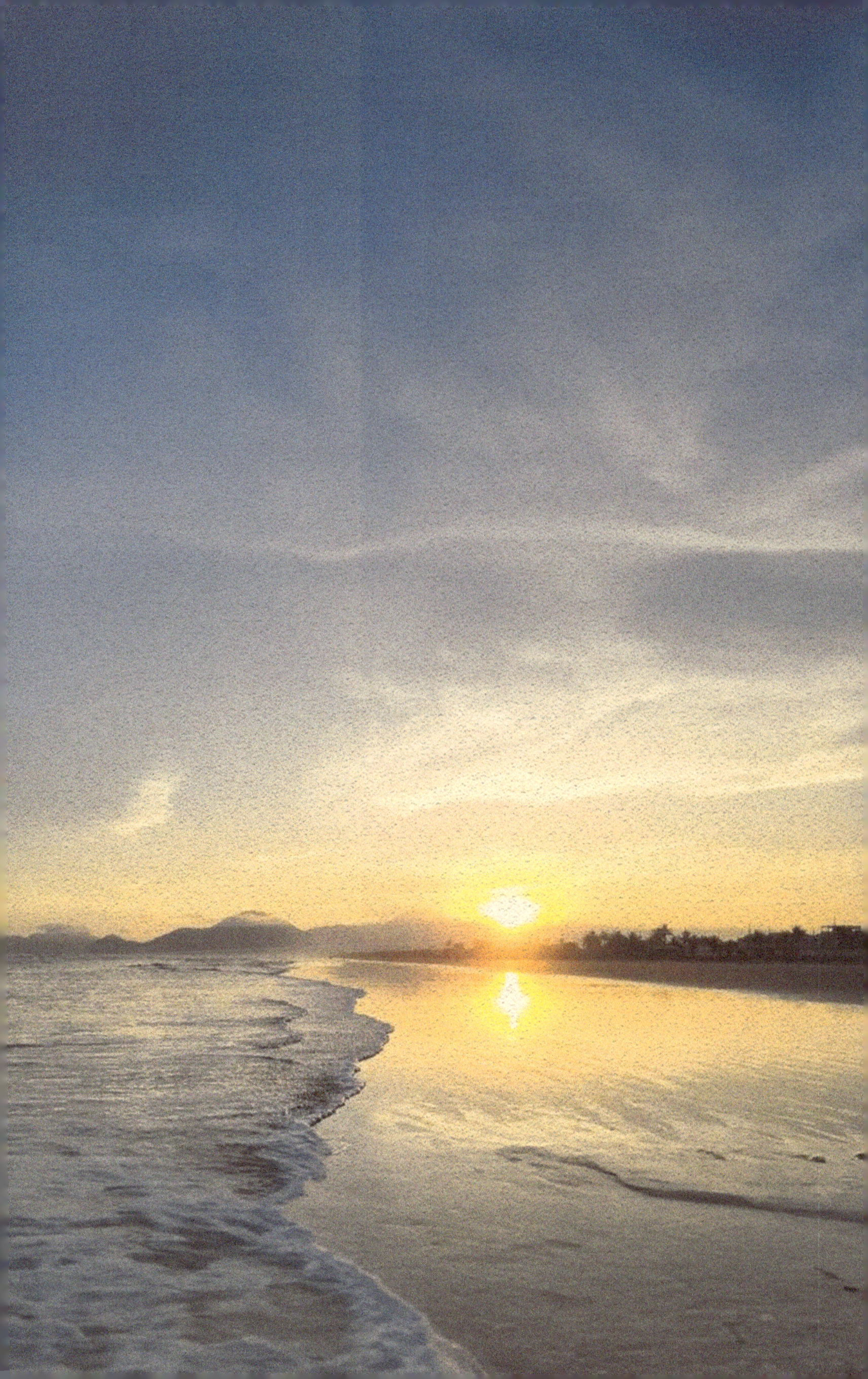

Um

'Inda surgem nos olhos
perguntas
de um passado remoto,
cenas justapostas
de um amor constante.
Como duas almas,
juntas,
podem encontrar respostas
presentes
num único instante?
Lembra-te,
um dia fomos um
e eu não tinha receio.
Hoje,
caminho distante,
inconstante,
quem sabe
para lugar nenhum,
tentando buscar,
em algum olhar,
o caminho do meio.

Se pensar em desanimar, lembre-se de que há muitas ondas para quebrar neste mar

Durante muitos anos tentei convencer o Ju a ir comigo para Orlando, mas sua negativa sempre era justificada pelo seu medo de viajar de avião.

Fui com uma amiga em fevereiro de 2020 e em muitos momentos imaginei como seria gratificante aproveitar os parques com ele. O Ju era uma ótima companhia para os passeios, mesmo que no início fosse contrariado.

Quando seu estado de saúde se agravou e já se encontrava internado num hospital, ele me fez uma promessa.

Era 6 de dezembro, meu aniversário. Passei o dia no hospital, e quando ele, chorando, se desculpou por estarmos naquela situação, como se isso fosse necessário, falei num tom bem-humorado que queria comemorar o próximo aniversário na Disney, não num quarto de hospital.

Foi aí que ele me prometeu que, se saísse do hospital, iria comigo. Um sonho que não vou conseguir realizar, nem ele.

A verdade é que nada está totalmente definido na vida, nossas experiências provam isso. E se é certo que momentos felizes não duram para sempre, os tristes também não.

Se não queremos sofrer com a impermanência das ondas desta existência, talvez devamos observar mais o mar infinito além delas.

Uma amiga me confidenciou que durante o luto se sentia como se uma grande onda a derrubasse, e finalmente, quando conseguia se levantar, outra e outra faziam o mesmo processo.

Pensei que talvez a solução fosse ficar longe da área de arrebentação, aprendendo a boiar e relaxando enquanto não tem uma direção certa a seguir.

Eu mesma, num primeiro momento, sentia-me como um náufrago, à deriva, sem avistar nenhuma terra firme para direcionar meu barco.

O que precisamos é nos afastar um pouco do looping da nossa mente agitada, em que muitas vezes nem temos noção de onde estamos. Santo Agostinho afirmou que "não há lugar para a sabedoria onde não há paciência".

Aqui penso não só na paciência com os outros, mas com nós mesmos e, principalmente, com a vida. Acredite, ela se encarrega de colocar tudo em seu devido lugar. Enquanto isso, paciência!

Muitas vezes esperar não é perder tempo, mas saber que existe um momento certo para todas as coisas.

Quando me sinto pequena demais diante de tudo, lembro-me de que, como todo ser humano, sou filha de Deus, do Criador deste Universo, imenso aos meus olhos.

Isso me faz forte e capaz de encarar todos os desafios, de me sentir merecedora de todas as bênçãos disponíveis, capaz de ter sonhos tão grandiosos quanto a minha imaginação possa alcançar.

Aí me dou conta de que nem todos me levarão à felicidade, porque pouco entendo do futuro. Então entrego a quem pode entender.

E se você não conseguir entregar sua fé, entregue sua dor; só Ele tem o poder de transformá-la em bênção.

Gosto de um Salmo que sempre foi meu guia nos momentos mais confusos da minha vida:

"Entrega o teu caminho ao Senhor; confia nele, e ele o fará." Salmo 37:5. Dessa forma eu silencio um pouco minha mente ansiosa, permitindo que tudo esteja exatamente na hora e no lugar que deve estar.

E assim, sigo fazendo escolhas todos os dias, a todo momento, dando o meu melhor.

Hoje eu escolhi ser feliz.

Amanhã eu penso.

E você?

··········

Entrego meu caminho a Deus, confio e fico atenta aos próximos passos.

··········

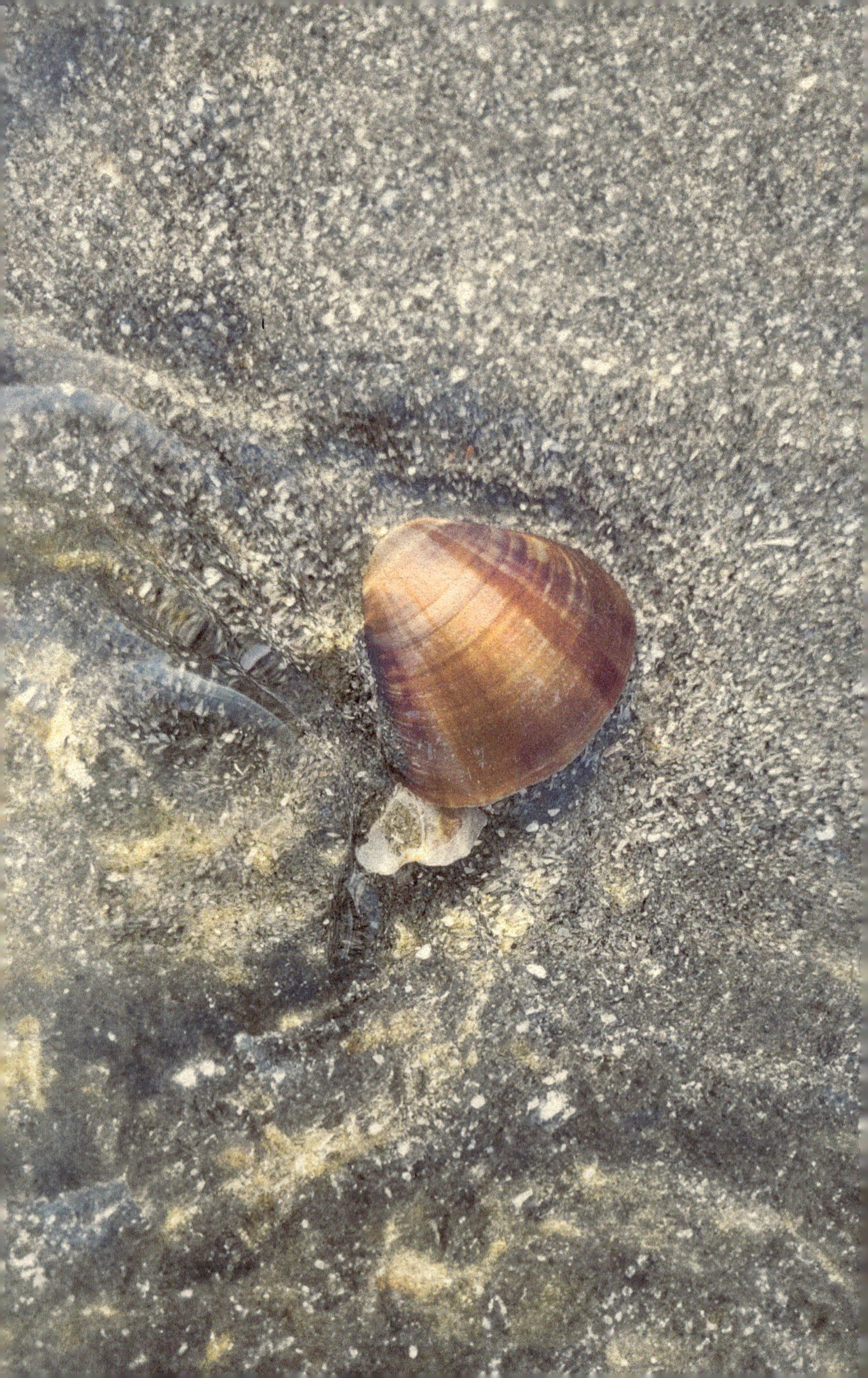

Pétalas

Tenho fases
como a rosa.
Fases como o mar.
Tempo de florescer,
encantando os olhares
mais desavisados...
E tempo de perder minhas pétalas,
fertilizando a terra
que me sustenta.
Assim como as conchinhas,
pétalas mensageiras do mar.

Aprendendo a respeitar nossas fases

Em que eu acredito pode ajudar muito

Quando olho para trás e revejo tudo o que aconteceu na minha vida até este momento, consigo identificar todas as fases, as favoráveis aos meus planos, as desafiadoras, as que superei e as que requerem de mim uma compreensão que ainda não tenho.

O tempo nos dá a exata dimensão da progressão de todas elas, é ele que nos ajuda a entender o propósito de cada coisa que nos acontece.

Às vezes temos até vontade de voltar no tempo e agradecer por algo que tanto reclamamos, porque foi exatamente aquilo que transformou positivamente nossa vida para sempre.

A grande verdade é que, a menos que você consiga visualizar seu futuro, não tem a mínima noção de quais fases a aguardam depois de uma perda, seja ela qual for.

A sensação de perda, e digo sensação porque incluímos nesse termo até mesmo as pequenas mudanças, sempre vai afetar nossa estabilidade, vai gerar a necessidade de nos transformarmos, transcendermos.

Desde as mais simples, como um brinquedo que se quebrou, a sandália preferida que arrebentou, o namoradinho da adolescência que partiu para outra, até as mais complexas, como o ente querido que partiu para sempre. Pelo menos o sempre desta existência que conhecemos por aqui.

Quanto mais cedo aprendermos a seguir em frente diante das perdas que fazem parte do nosso trajeto, das mais diversas formas, mais aceleraremos as novas fases que virão.

A compreensão dessa nossa constante companheira de viagem pode não aliviar muito os nossos sentimentos num primeiro momento, mas vai nos ajudar a passar pelo luto com mais entendimento e aceitação. Afinal, não existe uma forma de lutar contra as leis estabelecidas onde vivemos. Alguém contesta a lei da gravidade? Então por que questionamos a morte, se também é uma lei natural deste planeta? O que nos resta fazer é encontrar um jeito só nosso de lidar com ela.

O que me parece é que a própria palavra "luto" significa estar lutando contra algo, e o que realmente fará a diferença não é como você entra nesse processo em si, mas como irá sair dele.

Qualquer acontecimento com cunho evolutivo, queiramos ou não, terá sempre como objetivo fazer com que saiamos dele um pouco melhor, mais amorosos, mais compreensivos, mais conscientes e conectados com nós mesmos, com os outros e com Deus.

Não dá para sermos os mesmos depois das grandes ondas que a vida nos traz, porém, como a areia da praia, podemos fazer desse contato transformador uma obra de arte.

Mas o que nos impede disso? Nosso ego, que insiste em querer que tudo seja como programamos em nossas expectativas, às vezes tão irreais. O desejo de que tudo seja do nosso jeito, no lugar e hora que determinamos. A falsa concepção do que é o amor, afinal desejamos que nossos amados estejam conosco a qualquer custo, embora a morte tenha deixado bem claro que seus papéis aqui na Terra terminaram. Nosso medo da responsabilidade de assumirmos a vida a partir de agora, sabendo que tudo depende de nós, dando certo ou errado.

Digo mais uma vez que a fé em algo maior pode nos ajudar muito nesse processo.

Se você não tem nenhuma opinião formada a respeito, talvez seja um ótimo momento para pesquisar. Você vai encontrar muitas matérias sobre a morte e espiritualidade em livros ou na internet.

Eu escolhi acreditar que um dia me reencontrarei definitivamente com o Ju e que o amor nos une de alguma forma para sempre. Escolhi acreditar também que quando sonho com ele, nos encontramos de verdade, embora estejamos em planos diferentes.

Não importa em que você acredita, mas, sinceramente, escolher acreditar no que nos traz paz e conforto, para mim, ainda parece ser a melhor opção.

·········

Eu escolho acreditar numa força maior que possa me devolver a serenidade e o conforto.

·········

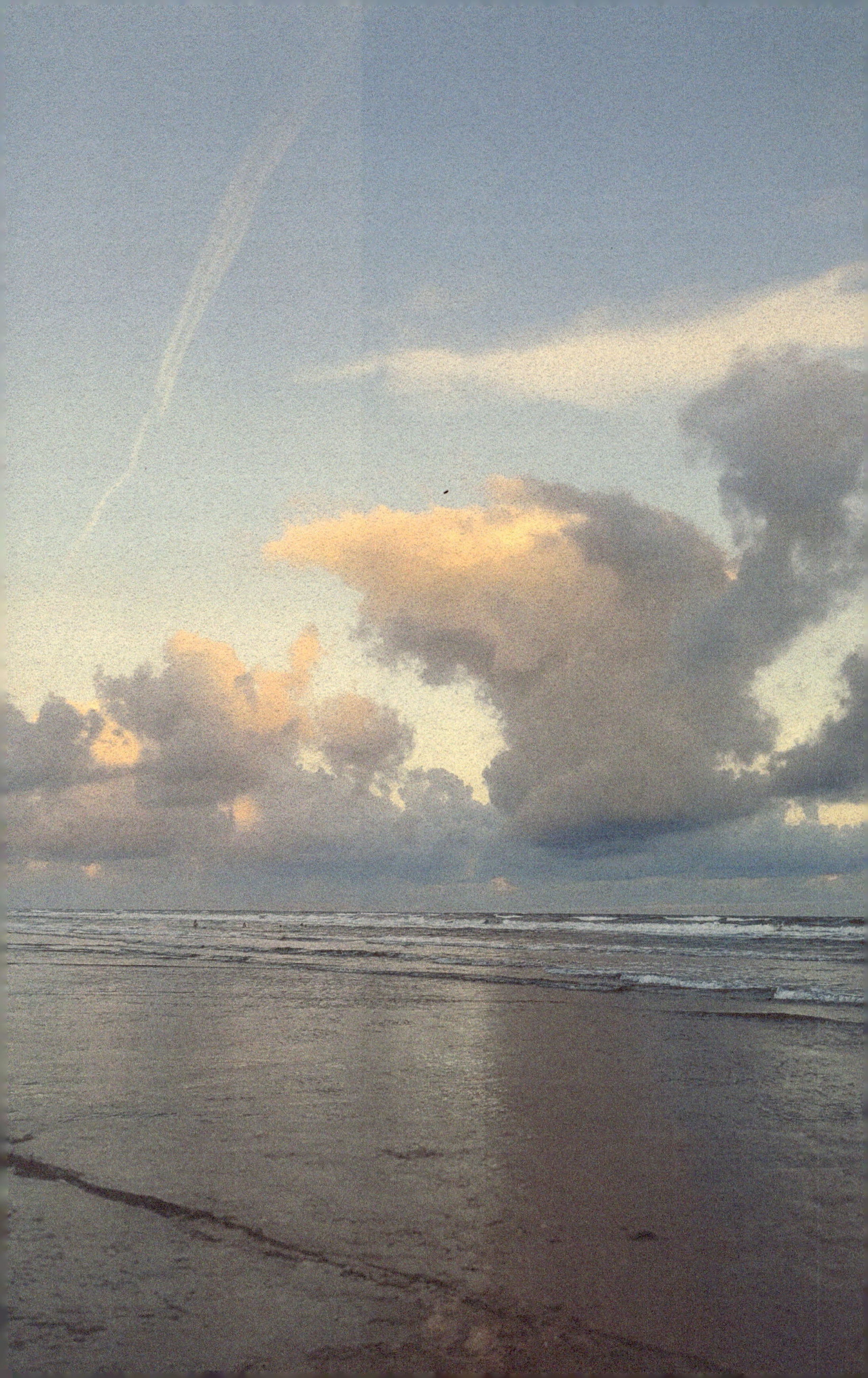

Momento

O que faltará para sermos mais abertos ao sentimento,
livres e certos,
quem sabe, mais atentos?
Hoje me contento com o que pode fazer o tempo...
Por evitar a dor,
viver o momento.
Talvez mais um mero engano
deixar tão doce amor
à mercê do desengano.
Em ti, milenar destino,
creio desde menino.
E a vida,
Misteriosa,
às vezes gloriosa,
me oferece dupla mão.
Meu caminho depende da partida,
Seguir ou não meu coração.

Valorize as boas lembranças

Elas sempre serão seu maior tesouro

Quando eu era criança sempre ouvia as pessoas dizerem que "depois que as pessoas morrem viram santas".

O que me parece é que quando estamos convivendo com alguém, até devido à rotina, acabamos focando bastante o que consideramos defeitos, e quando a pessoa parte, as qualidades. Será que é por isso que as mães costumam dizer "quando eu morrer você vai me dar valor?".

É comum nos lembrarmos só dos momentos bons na fase inicial do luto; quantas vezes nossa mente elege imagens e falas que ficam se repetindo como um vídeo em looping?

Hoje tenho minha tese pessoal sobre esse assunto: nós nos lembramos somente do que tocou verdadeiramente o nosso coração.

Parece que no leito de morte as coisas não são tão diferentes. As boas lembranças são as que realmente impactam nossa vida quando tudo termina. As outras coisas se diluem na imensidão que o fim representa.

Nada sobrevive a essa lei soberana, somente o amor e as boas lembranças.

Até as mágoas que muitos carregam durante algum tempo terão os dias contados.

A morte extingue todas as probabilidades, é um ponto-final irrevogável enquanto estivermos nesta existência.

Então, foque o que realmente vale a pena — os doces e divertidos momentos; no início tão doloridos, mas que com o passar do tempo vão retomando sua graça e beleza.

Isso com certeza vai fazer com que nossos amados façam parte de nós, vivendo para sempre nas nossas memórias, que nada nem ninguém pode apagar.

Mais do que isso, que o amor que sentimos por eles possa transbordar para tudo o que fazemos, para todos com quem tivermos contato. É isso que eu chamo de eternidade.

Nosso objetivo aqui não é que você sofra com as lembranças, mas que possa contá-las com gratidão, amor e alegria, não mais com tristeza e inconformismo.

E acredite, isso é possível.

É bom termos consciência do que representamos na vida das outras pessoas, e elas nas nossas, e como essa interação nos enriquece como seres humanos.

Gosto deste trecho, extraído do texto "Em paz", de Amado Nervo:

"Amei e fui amado, o sol beijou-me a face.
Vida, nada me deves! Vida, estamos em paz!"

Para a saudade não existe um remédio, mas existe, sim, a ressignificação.

Em alguns momentos também vamos nos lembrar dos desafios que enfrentamos em nossos relacionamentos, sabemos que também são muitos. E seremos gratas, afinal, muitas filosofias defendem que a vida a dois faz parte da nossa evolução terrena.

Isso não vai desvalorizar o que sentimos, mas nos alertar de que não existe perfeição em um relacionamento, embora nossa mente muitas vezes insista em nos convencer disso, porque a morte transformou nosso grande amor num amor impossível. E o impossível tem o poder de carregar a perfeição que nós imaginarmos.

Encarar que nem sempre vivemos um conto de fadas, ainda que amássemos nossos companheiros, irá ajudar a evitar comparações, caso haja relacionamentos futuros.

Aliás, comparações são totalmente desproporcionais na medida em que o tempo e a pessoa são outros.

Na medida em que também somos outras.

·········

Sinto gratidão por tudo que vivemos,
pelo que construímos e por todas as
lembranças que fazem parte da nossa
história. São elas que me fortalecem
para seguir em frente e ser feliz.
Afinal, a melhor forma de honrarmos
quem amamos e nos amou é sendo feliz.

·········

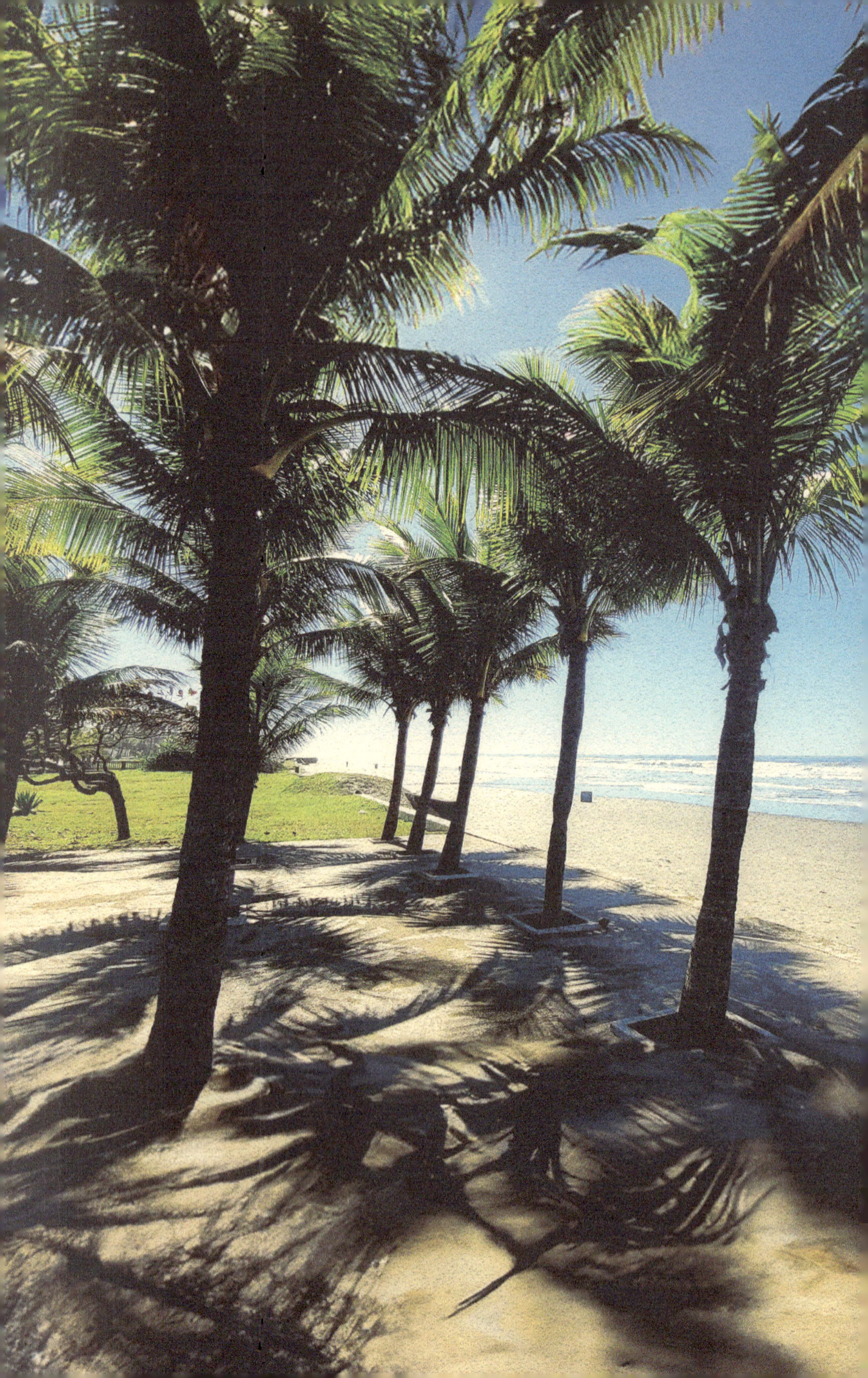

Elo

Sempre ouvi dizer que Deus criou o mundo.
Hoje ousei discordar.
No meu singelo ponto de vista, Deus está criando o mundo
todos os dias,
em todos os instantes,
nos surpreendendo a cada momento.
Para mim isto não tem outra palavra,
é Amor.
Quem sabe a natureza seja o elo perdido entre nós...
o homem e Deus.

Recuperando a capacidade de se encantar com as coisas simples

Muitas vezes, quando estou caminhando, encontro pais e mães que trazem seus filhos para a praia. É incrível observar as crianças diante do mar. O sorriso, os movimentos de pernas e braços, uma alegria contagiante. E é ainda mais nítido quando estão visitando o lugar pela primeira vez.

Eu conheci o mar com 17 anos, fui acampar com um casal de vizinhos na praia das Palmeiras, em Caraguatatuba. Lembro-me perfeitamente do que senti, fiquei tão encantada que mal conseguia dormir à noite, queria aproveitar ao máximo o som das ondas que invadia o camping à beira-mar.

Quem não se lembra com saudade dos pequenos passeios que marcaram sua infância?

Recordo-me de uma tarde de outono em que meus pais nos levaram, eu e minha irmã, a um parque da cidade de Jundiaí, onde morávamos. Eu observava o vento soprando levemente uma plantação de capim, como se fosse a coisa mais especial que já tinha visto na vida. Era apenas um capim esvoaçante visto pelos olhos encantados de uma criança.

É estranho como com o tempo vamos nos distanciando desse encantamento; primeiro, porque já vimos muitas vezes esse capim, segundo, porque parece que existem coisas mais interessantes para apreciar.

Desconectar-se do encantamento é como perder uma parte mágica da vida. Se me perguntassem qual a minha opinião sobre a coisa mais importante para se ter uma existência emocionalmente saudável aqui na Terra, com certeza eu citaria o encantamento.

Encantar-se é olhar para as coisas e pessoas como se fosse a primeira vez, porque é.

Tudo muda o tempo todo.

Não dá para falar que já vimos isso ou aquilo, que já conhecemos as coisas, lugares ou pessoas. A Márcia de duas semanas atrás já não é a mesma de hoje; a natureza está mudando a cada segundo.

Percebo isso no pôr do sol. Como sou uma verdadeira colecionadora de fotos de pôr do sol, não consegui ainda encontrar dois iguais.

Parece que o nosso cérebro costuma classificar por semelhança e colocar tudo numa caixinha, como a máquina que seleciona recicláveis por categoria. Plástico é plástico, não importa peso, qualidade ou cor.

Quem sabe possamos treinar nossos olhos para que se encantem mais, vejam beleza, cor e vida pulsando em cada detalhe do nosso dia a dia.

No dia da morte do Ju, a caminho de casa depois de resolver aquelas coisas básicas que preferiríamos que alguém fizesse por nós, tipo escolha de caixão, flores e roupas, pedi para que o casal de amigos que me acompanhava parasse na praia por um instante.

O sol estava nascendo. O mar, quase sem ondas, refletia uma luz brilhante que iluminava tudo à sua volta, até mesmo os coqueiros que balançavam suavemente, tocados pela brisa fresca e suave.

Era um momento mágico da natureza. Fiquei ali durante alguns minutos contemplando a beleza.

Meu coração estava destruído, e minha mente, envolvida por um turbilhão de pensamentos e questionamentos, mas por um momento fui tomada pelo encantamento daquele nascer do sol.

Independentemente do que estava acontecendo dentro de mim, a natureza, linda e mágica, prosseguia com sua divina missão de mostrar ao ser humano que a vida sempre continua.

Percebi que o encantamento pode não ser algo natural do mundo adulto, mas podemos, sim, escolher nos encantar, mesmo nos momentos mais sombrios da nossa história.

Isso nos dá força para seguirmos em frente, talvez porque resgatamos aquela criança que vive em nós, que está conhecendo o mundo com curiosidade e alegria e que acredita num futuro melhor, sempre. Foi essa criança que naquele momento me convidou a apreciar o nascer do sol.

Então, por que não buscamos motivos para nos encantar?

Observe a natureza, treine seus olhos para encontrar beleza em tudo, mesmo o que a mídia ou o modismo tenha taxado de feio.

Encante-se com as pessoas. Sempre haverá um motivo para isso se escolhermos observar com olhos mais amorosos.

Encante-se também com você, com suas características únicas, com sua história.

Encante-se com a vida e com todas as possibilidades que ela pode oferecer para você.

O príncipe encantado, o sonho encantado, o lugar encantado, o momento encantado...

A verdade é que quem coloca o encantamento em tudo somos nós.

·········

Decido me encantar com todas as coisas,
acontecimentos e pessoas, enxergando
magia, beleza e harmonia.
Encanto-me comigo mesma todos os dias.
Descubro que a vida com encantamento
vale a pena ser vivida.

·········

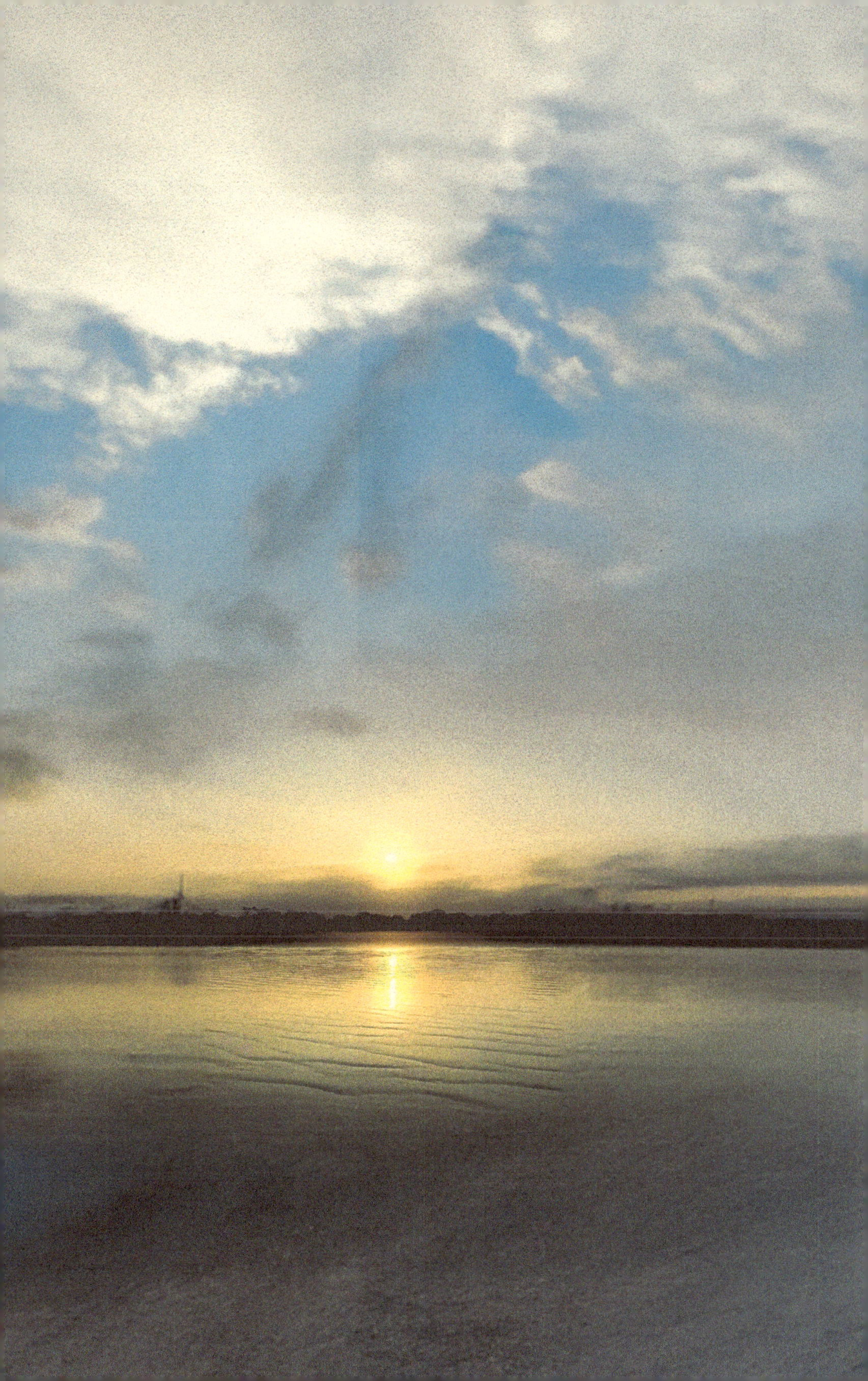

Linhas

Virei a página da minha vida.
Lá estava você, impresso à minha frente.
Folha intacta, como se nunca fora lida,
lembrança em regresso, porém tão presente.
Li, revi cada linha
endireitada pelo tempo.
A redação não era minha,
apesar do meu intento...
...com a mesma reverência
A vida segue seminua,
Alheio a sua doce presença
o livro,
sereno,
continua.

Não perdemos nossos entes queridos, os acolhemos dentro de nós

É bastante comum dizermos que perdemos nossos entes queridos, porque além do vazio que a ausência física deixa na nossa casa e na nossa vida, a impressão que temos é de que também perdemos nossas próprias referências.

Amadas, esposas, amigas, companheiras, confidentes, às vezes até um pouco mães em alguns momentos, éramos tantas coisas...

Muitas vezes até nos enxergávamos através dos olhos deles. "Você está linda." "Você está bem?" "O almoço está uma delícia." "Você ainda não está pronta?" "Você está chata hoje." "Você é guerreira." "Você não me entende?"

Como às vezes essas referências fazem falta...

Em alguns momentos até penso que não é só a falta do Ju que me incomoda, mas o excesso de mim mesma, o trabalho interior árduo que tudo isso requer.

Como um típico virginiano, o Ju era observador, até demais. Quando eu terminava de me arrumar para sair, ele me olhava de cima para baixo como o sargento examinando os uniformes. Às vezes ajeitava minha etiqueta, acertava meu batom, arrumava a gola da minha blusa.

O que muitos receberiam como chatice ou toque, eu enxergava como um carinho, afinal, ao contrário dele, sou pouco observadora e me perco bastante nesses detalhes.

Outro dia saí de casa e, quando retornei, olhei no espelho e percebi que a gola da minha camisa estava dobrada.

Senti saudades do meu sargento.

De qualquer forma, vamos ter que conviver com essas lacunas no nosso dia a dia, mas em nossas convivências agregamos tantas coisas que enriquecem nossa história que dá para dizer que não os perdemos, os acolhemos dentro de nós.

Esta é a nossa meta. O que vivia fora, agora vive dentro de nós.

É como guardar aquele sapatinho do filho, uma mechinha de cabelo que nos traz boas lembranças, e de vez em quando ir lá dar uma espiadinha para recordar.

Creio que nossos amados seguem seus caminhos do outro lado, mas são parte da nossa história e de quem somos hoje.

Isso nada nem ninguém pode tirar da gente, nem mesmo a morte.

Essa é a nossa certeza de que as pessoas que amamos e as que nos amaram ao longo da nossa vida vivem em nós de alguma forma, assim como vivemos nelas.

Será esse também o segredo da eternidade?

. . . .

Aceito acolher com amor as lembranças e sentimentos.
Honro meu passado, vivendo com alegria e entusiasmo.
Sou grata por minha história.

. . . .

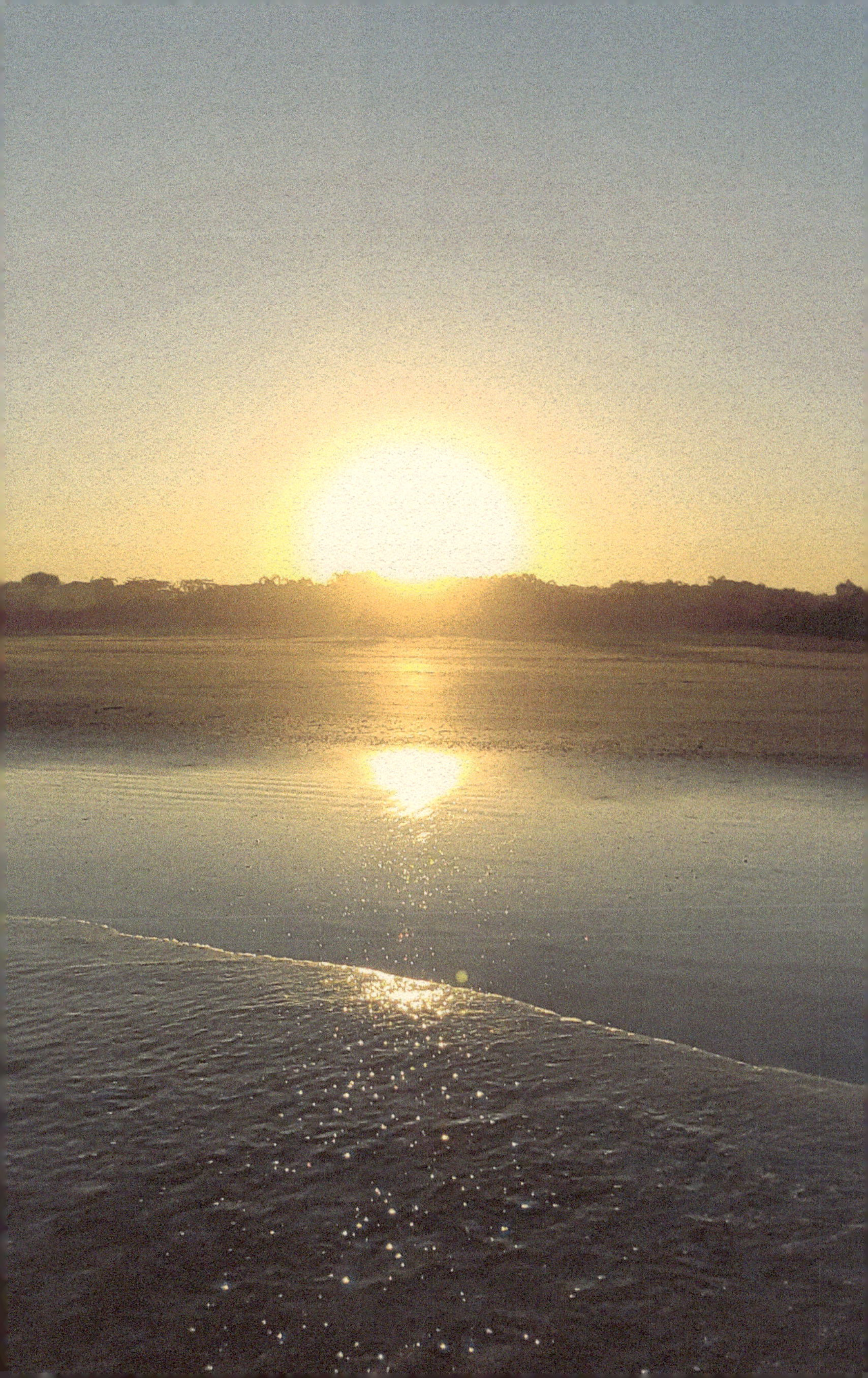

Segredos

Depois de tudo,
um sorriso mudo.
Os olhares trocados
buscam respostas
que talvez nunca possam ter...
Talvez até por medo
da questionável realidade
que ainda tememos esquecer.
Capazes, sim,
mas tão somente de amar.
Aprendemos da vida
o que trouxermos na mente,
mas é o coração que sente
o que está por vir...
os segredos da ida.
E real para quem ama é
simplesmente...
Sentir,
deixar-se levar,
sem ao menos se importar
se existe eternamente.

O presente é uma fração de segundo

Aproveite

Existe um momento em nossa vida que nos damos conta de que o passado é nosso maior companheiro durante todo o tempo desta trajetória.

Você terminou de ler essa frase e isso já faz parte do seu passado, num piscar de olhos.

Então, será que o que chamamos de presente está fadado a ser passado em uma fração de segundo?

E o que rotulamos de futuro pode ser simplesmente uma projeção em nossa imaginação, seguida de um segundo após o outro, também uma sucessão de pequenos passados?

Como escreveu Toquinho na música "Aquarela", "o futuro é uma astronave que tentamos pilotar. Não tem tempo, nem piedade, nem tem hora de chegar. Sem pedir licença, muda nossa vida e depois convida a rir ou chorar...".

Estamos construindo nosso passado num tempo menor do que o exigido em cada inspiração, o que me fez chegar à conclusão de que o presente que tanto defendemos é extremamente sensível ao tempo. E que viver o presente não tem a ver com coisas ou pessoas, mas com o nosso Ser que observa e aprende.

O estado de presença é algo que ultrapassa a mente e os sentimentos, porque estes acompanham o lapso temporal.

É um estado do Ser, como alguém que assiste a um bom filme.

Foi difícil? É passado.

Foi maravilhoso? Também é passado.

A vantagem de tudo isso é saber que, se hoje você está tendo um dia desafiador, em pouco tempo também será passado. O que eterniza esse passado somos nós, que o revisitamos o tempo todo como se fosse um vinil riscado, ou uma música triste que tocamos dezenas de vezes até pararmos de chorar.

E no luto não é diferente. Revivemos momentos, imagens, diálogos como nossa música triste preferida.

Com o tempo vamos conseguindo ouvir essa música sem chorar, apenas com muito carinho e gratidão.

Tudo vira passado o tempo todo.

Podemos comparar com as imagens das paisagens vistas por um observador da janela de um veículo em movimento. Conforme o veículo avança, as imagens vão ficando para trás. Isso é passado.

Se tentarmos olhar para trás não teremos a mesma perspectiva, nem do ônibus, nem de nós, nem da vida.

Isso significa que não existe mais passado para retornar da forma como conhecemos, da forma como desejamos. Para isso precisaríamos de uma máquina do tempo.

E não diz respeito só ao luto, mas a qualquer relacionamento que tenhamos nesta vida.

Então a meta é reformular nossos relacionamentos com nossos entes queridos que partiram. Não precisamos nos prender ao que passou, mas podemos, sim, guardar com amor as boas recordações, o aprendizado, o legado.

O que destrava um vinil riscado é colocar a agulha um pouco mais para a frente.

Não pense no que era, isso não vai mais voltar.

E se você insistir nisso, corre o risco de se tornar um vinil riscado a vida toda, repetindo infinitamente uma melodia triste, e com certeza não é isso que nossos entes queridos esperariam de nós.

O Ju sempre enviava a mesma mensagem para os amigos em seus aniversários: "muitas músicas de vida". Hoje compreendi o que ele queria dizer — que não devemos ficar tocando o tempo todo a mesma música, que há muitas emoções para serem vividas.

Foque o que você pode se tornar a partir de agora, aproveite as frações de segundo do presente para se tornar uma pessoa melhor e ser mais feliz.

....

Valorizo o passado, mas
foco o meu presente.
Há muitas músicas de vida pela frente.

....

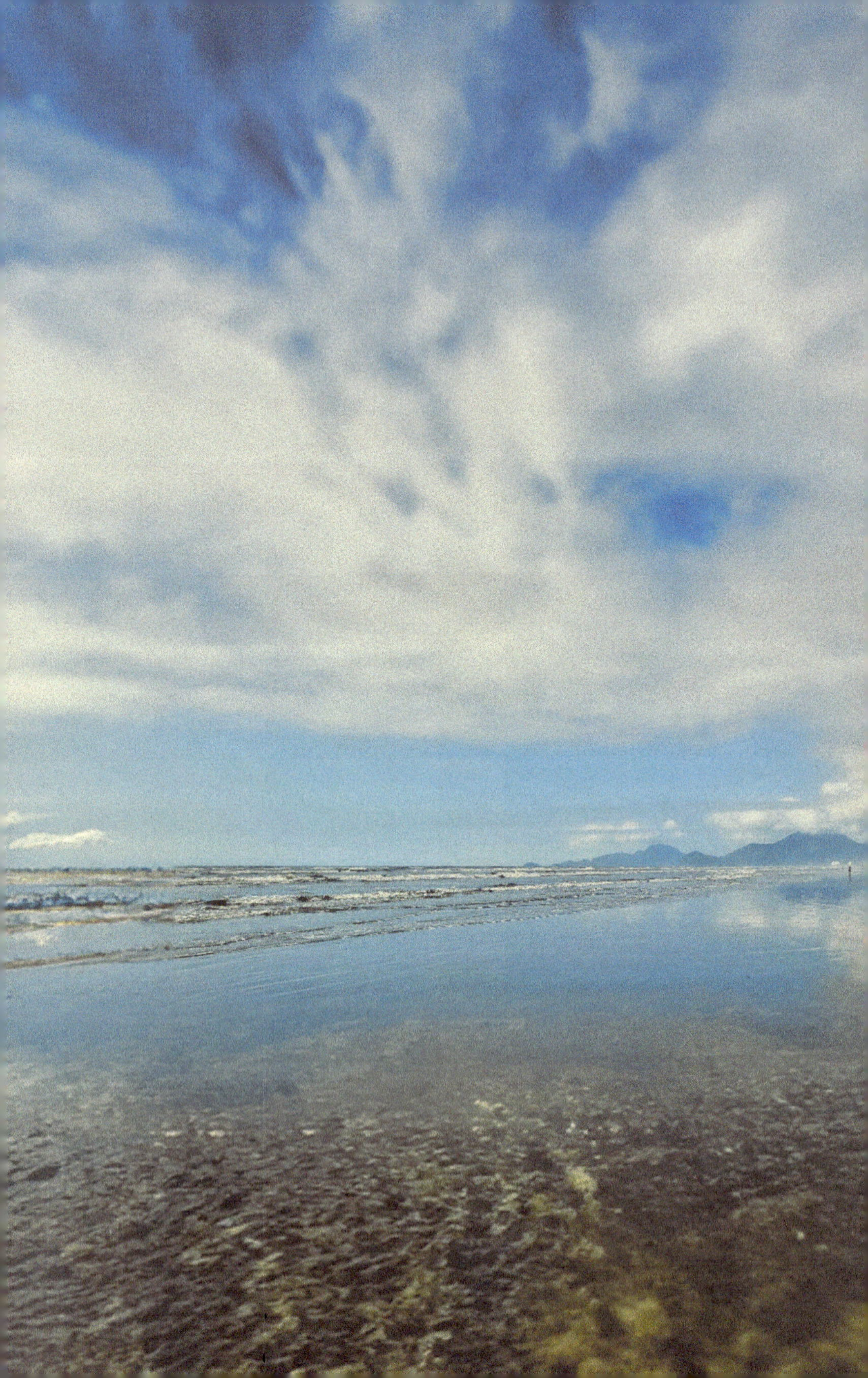

Memória

Vivo a história,
a eternidade no momento do fim.
Ai de mim...
Como pude estar tão longe da verdade,
sem crivo
nem memória?
Tantas vezes te desejei,
clara e nua,
sem nenhuma vaidade.
Por que escondeste a face tua?
Ah... etérea vida...
aqui estou.
Deixai que eu leve até o ventre
o que me restou.
Que em um soluço breve
eu cresça,
mas jamais esqueça
de quem realmente sou.

Pense rápido: o que faria você feliz neste momento?

O Ju me falou algumas vezes que iria morrer cedo, não sei de onde tirou isso. A verdade é que ele partiu três meses após completar 56 anos, para mim, cedo demais.

Eu achei que era só um charminho de quem quer chamar a atenção para si mesmo, então brincava, pedindo que ele me deixasse bastante dinheiro para eu passar uma temporada em Veneza após sua morte. Eu sempre dizia que "preferiria chorar em Veneza, não em Jundiaí", a cidade onde morávamos.

Se você quer saber se ele deixou o dinheiro para a minha viagem, a resposta é não. Na verdade, nem pensei nisso. Acredito que Veneza seria interessante, mas hoje reconheço que Peruíbe foi perfeita para me acolher neste momento tão desafiador.

Às vezes me questiono se inconscientemente o Ju tinha noção de tudo o que aconteceria, ao insistir tanto que viéssemos para cá em outubro.

Se seguíssemos com a minha linha de raciocínio de nos mudar somente em janeiro de 2024, com certeza não iria chorar em Veneza, muito menos em Peruíbe, mas em Jundiaí mesmo.

No entanto, independentemente do momento que você está vivendo agora, o que faria você feliz? Com certeza, uma das coisas que primeiro vêm à nossa cabeça é a presença dos nossos amados que partiram. Eu sei bem disso porque na minha vem também, mas vamos trabalhar com coisas possíveis.

O importante é que você perceba realmente o que gostaria de fazer, afinal, muitas vezes não realizamos nada porque nem sabemos ao certo o que queremos.

Mais uma vez, faça uma lista. Não se preocupe se seus desejos parecem muito distantes da sua realidade presente. Tudo pode mudar, e o tempo todo, até mesmo a sua lista.

Você pode estar pensando que muitas coisas dependem de dinheiro. Sim, com certeza. Mas outras, não. Existem pequenos prazeres da vida que custam pouco ou praticamente nada.

Eu amo açaí com sorvete de cupuaçu. Nos primeiros meses após a partida do Ju eu pedia essa sobremesa uma vez por semana. Colocava uma cadeira no jardim de casa e ficava sentindo o vento tocando meu rosto, observando as plantas e os pássaros que visitavam meu quintal. Mesmo tantas vezes triste, esse era um pequeno oásis no meio daquela confusão toda.

Em Peruíbe não tem shoppings, então eu visitava os cafés da cidade para tomar meu cappuccino e ia caminhar na praia, tomar um banho de mar. Muitas vezes ficava sentada na água durante horas, só prestando atenção no som do mar e nos movimentos das ondas.

Crie valiosos oásis no seu dia a dia. Um passeio ao ar livre, um encontro com os amigos, aquele doce preferido, uma pequena viagem.

Pode ser que sua mente traga lembranças até no seu pequeno oásis, que as lágrimas cheguem de repente, mas insista em apreciar aquele momento só seu, sempre criando boas e novas memórias.

·········

Incluo no meu dia a dia as coisas que aprecio, criando boas e novas lembranças.

·········

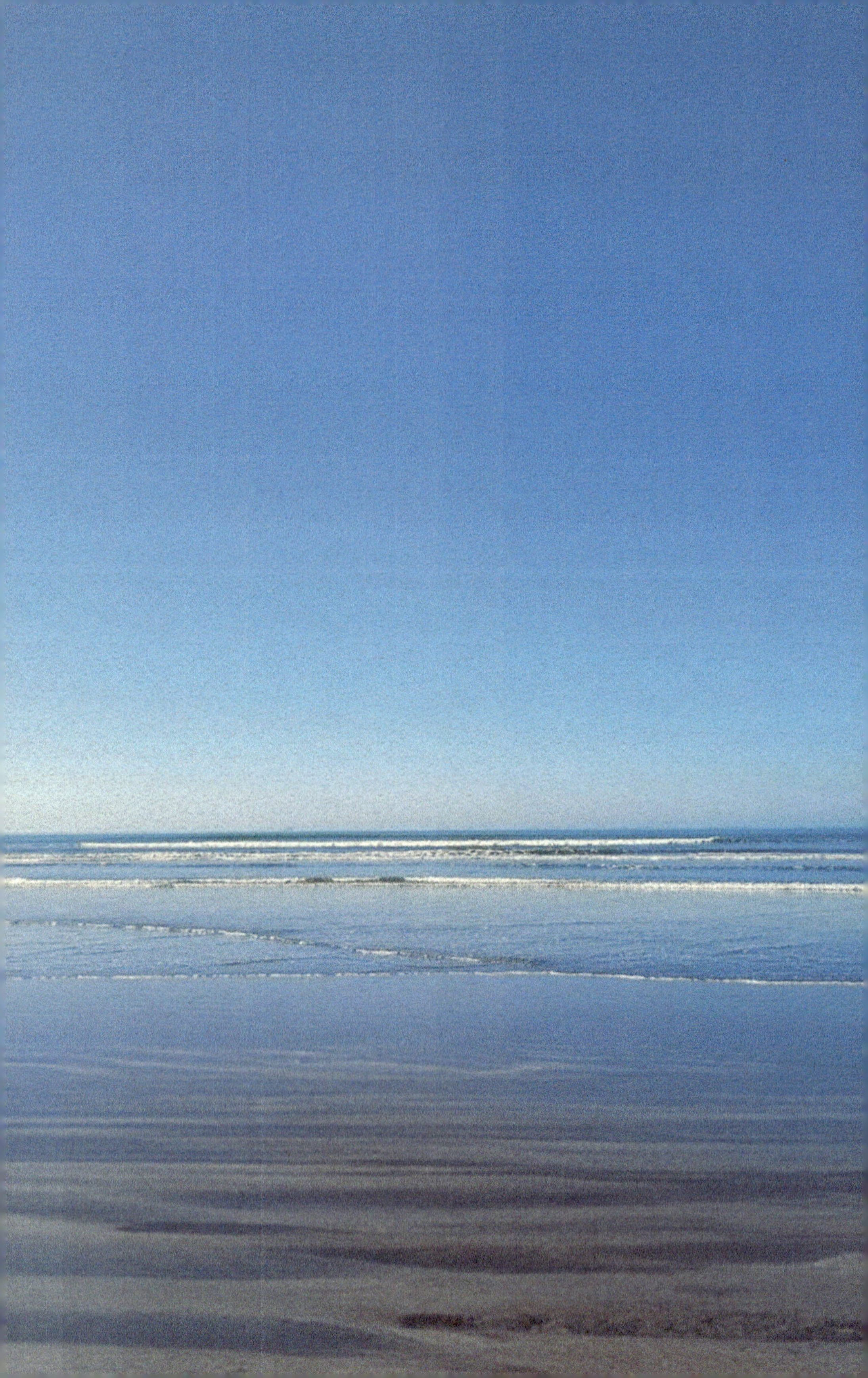

Oceano

De que preciso?
De sol, de mar,
um sorriso a mais.
Quero apenas um lugar
onde possa reencontrar a paz.
E se meus olhos refletirem a luz das estrelas,
quero ir além...
Que as águas do oceano
pulsem em meu coração,
pois eu quero sentir
o que é não ser alguém,
apenas da unidade uma porção.
E depois de tudo...
quero saber na realidade
o que nos separa da verdade,
se entre frases mal escritas,
O amor se eleva em liberdade.
E nossas histórias no mesmo livro foram ditas.

Enfrentando as datas comemorativas

As primeiras datas comemorativas após a partida dos nossos entes queridos serão, com certeza, as mais difíceis.

O Ju faleceu no dia 18 de dezembro, então os temidos Natal e Ano-Novo estavam bem próximos. Sem falar que sua missa de sétimo dia foi realizada na manhã do dia 24 de dezembro. Eu estava em Jundiaí, fui passar o Natal com minha mãe e minha irmã.

É claro que não havia nenhum clima para comemorações, o Ju era muito animado nas festas e sua ausência causou um vazio imenso não só na mesa, mas na casa toda.

Sei que vários lares enfrentam essa realidade todos os anos.

Nosso Natal se resumiu a um pequeno jantar na casa da minha mãe com apenas nós quatro: eu, minha mãe, minha irmã e nossa cachorra Pipoca.

Passei mais tempo tentando montar uma casinha de gengibre que ganhei de uma amiga do que no jantar, mas até naquele momento que seria de descontração pensei como o Ju me ajudaria com essa tarefa, afinal, ele era muito talentoso com trabalhos manuais.

Fiz uma oração pedindo que onde estivesse fosse acolhido, que fosse tão amado lá como nós o amávamos aqui na Terra.

Eu sabia que a lembrança dos Natais anteriores iria machucar muito, não dá para ser diferente. Nossas festas, os amigos da onça, os pratos que o Ju preparava com tanto capricho, sua alegria sempre tão contagiante. O que mais senti falta mesmo foi do seu abraço apertado, desejando Feliz Natal. É desse abraço que sinto falta até hoje, mas ele está guardadinho nas minhas memórias, que tantas vezes revisito.

Fui me deitar cedo, prometendo a mim mesma que no próximo ano me esforçaria para organizar uma festa animada para as pessoas próximas que ficaram, afinal nunca sabemos quando será nosso último Natal com quem amamos.

Prometi também que iria continuar com o nosso legado de organizar um Natal acolhedor e divertido, porque se tem uma coisa que aprendi nesta caminhada, é que a melhor coisa a fazer quando estamos tristes é tentarmos deixar alguém feliz.

O amor há sempre de preencher nosso coração e, como já disse, isso nos traz um certo consolo e nos faz acreditar que Deus é soberano e bom em todas as suas decisões, embora não compreendamos nesses estados de dor. Muitas vezes repito isso, porque não acredito que seja possível superar o luto de uma forma saudável sem uma crença ou uma fé.

Sempre achei que um Natal feliz era uma mesa farta, rodeada de pessoas queridas, muitos presentes e um panetone com o dobro de uvas-passas.

A maturidade me fez entender que não significa estar tudo perfeito, mas sim termos a oportunidade de estabelecer a comunhão com a vontade divina. Fortalecer a fé em algo maior, em si mesmo, na vida.

Aceitar a realidade com gentileza, contrariando muitas vezes o que sentimos.

Natal é uma passagem para o divino que brilha em nós.

Na passagem do Ano-Novo uma amiga veio para Peruíbe comigo e organizamos uma pequena ceia.

As lembranças insistiram em afirmar que tudo estava diferente. Como no livro do Marcelo Paiva, eu pensava no "Feliz Ano Velho", já que no Novo o Ju não mais estava.

Pensei que deveria fazer o possível para que minha amiga se sentisse feliz, mas preparei tudo também desejando que o Ju pudesse receber amor e alegria. E como eu acredito que podemos fazer isso!

Assim tenho agido em todas as datas importantes para nós, me arrumo, enfeito a casa com flores, preparo algo especial ou saio para almoçar ou jantar, mesmo sozinha.

Às vezes ainda visito um restaurante de frente para o mar, nosso preferido aqui em Peruíbe.

No início só conseguia me lembrar das vezes que estivemos lá juntos, e para muitos isso pode representar esfregar um limão nos dois olhos, mas eu precisava rever nossos momentos felizes para me convencer de que minha tristeza vale a pena, por tudo que vivi ao lado do Ju.

Com o tempo, fui aprendendo a apreciar minha companhia, a observar o mar azul pela janela de vidro, ouvir a música ambiente, saborear os pratos com mais atenção, conversar com os garçons, coisas que até passavam desapercebidas quando frequentava o restaurante com o Ju.

As primeiras vezes de todas as coisas também podem ser difíceis e carregadas de lembranças. Nossa primeira viagem sem eles, a ida ao shopping, o almoço com toda a família ou amigos.

Hoje, quando as lembranças chegam, dou-lhes boas-vindas com gratidão, por ter tido a oportunidade de viver tantos momentos felizes ao lado de quem eu amo.

E se em algum momento me sentir triste, peço a Deus que o Ju não receba minha tristeza, mas meu amor e gratidão, sempre!

Alguns dizem que eles podem ter permissão para nos visitarem em datas especiais. Eu escolhi acreditar que sim, e na dúvida, capricho na recepção. Saudades? Ainda muitas. E não se iluda, vão existir sempre. Mas também escolhi utilizar essas datas para homenagear o Ju, com alegria e carinho. Acredite, onde estiverem vão receber, porque o amor é a melhor internet do Universo.

E assim seguimos em frente, principalmente cuidando dos que ficaram, afinal eles precisam da nossa presença, da nossa alegria, do nosso amor.

As lágrimas ainda podem nos visitar incontáveis vezes, um vazio pode até invadir nossos pensamentos de vez em quando, mas é interessante lembrarmos sempre que temos muito a fazer pelos nossos amados que vivem, por nós, pela vida.

Então, lembrando do conselho do mentor do Chico Xavier, lave o rosto e vamos ao trabalho! Afinal, há muito a fazer, muitos para amar, muitos que precisam do nosso sorriso, do nosso abraço, das nossas experiências, da nossa força.

· · · · · · · · ·

Compreendo que o desafio de seguir em frente com alegria e gratidão é diário. Comemoro as datas especiais com minha família e amigos, dedicando meu amor e atenção.

· · · · · · · · ·

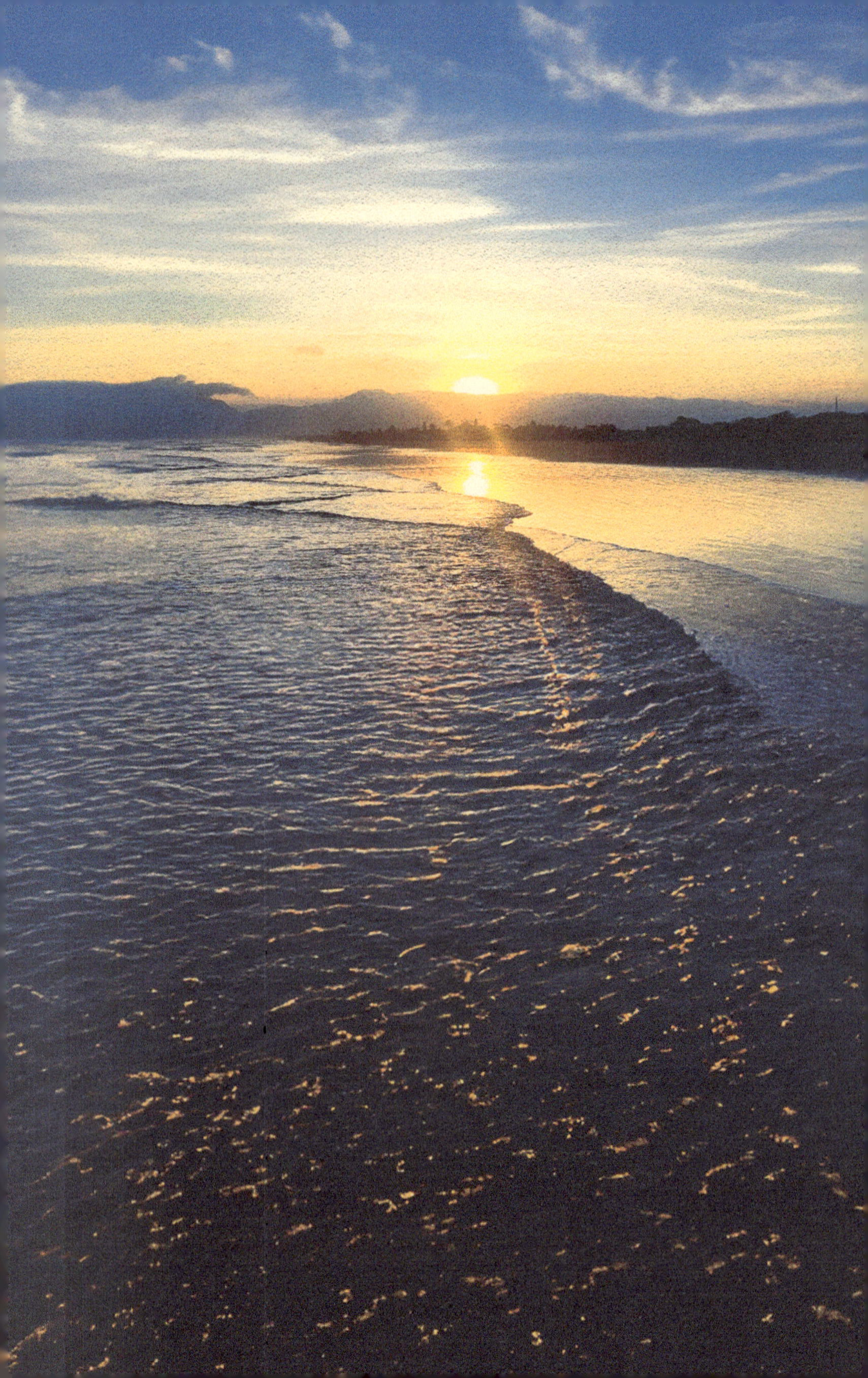

Presença

E se eu pensar em desistir?
Eu te darei o sol.
Ao nascer ele te despertará para a verdade que a cada dia existe uma nova chance, mesmo que você não perceba.
E ao se pôr te lembrará que não importa quão complicado foi seu dia, uma noite de descanso pode clarear, orientar e mudar tudo.
E se mesmo assim eu pensar em desistir?
Eu te darei o mar.
Suas ondas mostrarão a beleza e a impermanência das coisas, para que não te preocupes com o amanhã.
E para garantir que não desistas, te darei amigos.
Eles me representarão aí na Terra, transmitindo meu amor, minha alegria e sabedoria.
E assim, sentirás minha presença.

Seguindo um dia de cada vez, vou recuperando o entusiasmo

É bom deixarmos bem claro para nós mesmas, mais uma vez, que não existe retorno para o que éramos antes do luto, mas também que o Universo sempre vai dar um jeitinho de trazer coisas novas e incríveis.

Quando meus familiares e amigos não puderam estar por perto, Deus me enviou mensageiros; muitos encontrei uma única vez, mas me trouxeram palavras de sabedoria e conforto, outros tornaram-se meus amigos.

O único segredo em tudo é estar disponível. O Universo sempre se esforçará para trazer o melhor, e quanto mais reconhecemos isso, mais ele pode nos surpreender.

Pode ser que aquele espaço vazio ainda esteja lá, dentro de nós, de alguma forma. A felicidade ainda pode trazer de volta os "e se" da vida, como o "e se ele estivesse aqui?".

Os lugares que conhecermos, as viagens que fizermos, os amigos que encontrarmos... tudo vai deixar aquela brecha não ocupada, a cadeira vazia, a foto que não foi tirada. O tempo vai se encarregando de lembrarmos com alegria dos bons momentos, nos empenhando em tornar nossa caminhada mais feliz, com o que temos à mão, com a certeza de que tudo que chega até nós é importante.

Hoje, mais uma vez, estou voltando para casa, um caminho que fiz inúmeras vezes desde a internação do Ju. Se pudesse enxergar todas elas, teria a real noção do tempo que passou. Muitas lágrimas caíram neste chão, disfarçadas pelos óculos escuros que a primavera e o verão me permitiram usar, mas também neste caminho há marcas de sorrisos, de esperanças, de gratidão, de fé e amor.

Quando olho para trás, vejo que os desafios que enfrentei e as lágrimas que derramei me trouxeram para este momento. São eles os responsáveis pela força que sinto agora.

Cada dia vencido renova nossas forças, de uma forma que nem sempre percebemos.

A vida cumpre seu papel de ser a escola que precisamos. Cabe a cada um de nós não deixar que as lutas diárias desenvolvam couraças em nós, mas sim suavidade e leveza.

Que as lágrimas fertilizem o campo da fé e da espiritualidade e que nossa dor seja convertida em bênção para aqueles com quem tivermos a oportunidade de compartilhar nossa história de gratidão e ressignificação.

A vida continua, uma dádiva para quem ficou, e preenchê-la com amor, gratidão e alegria parece ser uma ótima forma de ganhar mais ânimo no dia a dia.

Sempre penso que, onde o Ju estiver, ele quer me ver feliz e entusiasmada, como fui ao seu lado, então trabalhar por isso é uma forma de honrar o que ele significou e significa na minha vida. Acredito que nenhum dos nossos amados gostaria de nos ver tristes e derrotadas diante da morte ou diante da nossa vida.

Eu brincava com uma amiga, cujo marido havia partido quatro meses antes do Ju, que precisávamos vencer essa bagaçada toda para esfregar nos narizes lindos dos nossos maridos que nós conseguimos. É claro que isso era só uma brincadeira boba para animá-la e despertar seu instinto feminino.

Pensar que um dia vamos nos reencontrar, e eu já disse que confio plenamente nisso, me faz querer buscar coisas novas, compartilhar, criar.

Um dia o Ju disse que se orgulhava de mim, espera só ele ver como o seu amor me faz desejar ser uma pessoa melhor a cada dia. Hoje, essa é minha forma de amá-lo e é assim que o sinto perto de mim.

Todas as vezes que vou caminhar na praia vejo o banco onde o Ju gostava de se sentar. Ele continua lá, mas tantas coisas mudaram ao seu redor, dentro de mim... Quando olho para aquele banco vazio, fico me perguntando quantas lembranças cabem no espaço de um ano. Quantas lágrimas e quantos sorrisos? Quantas esperanças e quanto desespero? Quantas dúvidas e quanta fé? Quantos vazios e quantos abraços, palavras e inspirações que preencheram minha alma?

Foram tantos momentos, uns bons, outros desafiadores, mas amor e saudade em todos eles.

Talvez o banco ainda esteja lá simplesmente para me lembrar de que ainda existem muitos deles na minha vida, na sua vida. Então, aproveite, se declare, exagere, ame sem medidas enquanto quem é importante para você está sentado no banco, porque um dia será apenas um espaço vazio, repleto de lembranças.

Ainda deixo meus recados escritos na areia para o Ju, aguardando que as ondas venham recolhê-los, sistema que apelidei de MarsApp.

Ainda faço minhas orações todos os dias para que Deus o abençoe e o proteja, onde estiver.

Ainda beijo as dezenas de fotos dele que revelei.

Ainda converso com ele no meio do dia.

Ainda lhe desejo boa noite antes de me deitar.

Ainda digo todos os dias que o amo, muito e sempre.

Talvez faça tudo isso por um bom tempo, ou não.

Todo processo segue um dia de cada vez, trazendo mais amor e menos dor.

Então... não desista.

Estabeleça projetos, sonhos, siga buscando o seu melhor, para você e para o mundo. Nossos amados não podem mais fazer parte fisicamente da nossa vida, mas quem sabe possam estar assistindo a tudo isso com carinho e admiração, talvez dizendo:

"Meu amor... se hoje não posso mais estar presente fisicamente, viva por nós dois.

Se os nossos sonhos ainda forem os seus, realize-os. Realize também os que nem tivemos chance de sonhar.

Vá até os lugares que planejamos conhecer juntos, mas também visite aqueles que nem imaginamos ir.

Visite nosso restaurante preferido, mas também experimente novos pratos, outros ambientes.

Compartilhe momentos com nossos velhos amigos, mas também faça novos amigos. Muitos deles, com certeza, eu também adoraria conhecer, ou quem sabe já conheça.

Compre aquele presente que eu gostaria de te dar — um vestido novo, uma bolsa, um sapato, uma viagem.

Dê a oportunidade a alguém de te amar como você merece e de ser tão feliz como fui ao seu lado.

Seja feliz, por nós dois, pois é isso que sempre desejei para você. E nesses momentos mágicos de felicidade, pense em mim. Vou estar com você, talvez mais próximo do que imagine, porque o amor é o veículo que encurta distâncias. Se não fosse assim, como acha que eu te encontraria num planeta tão vasto, povoado por bilhões de pessoas?

Sigo por aqui, fazendo o mesmo, até te reencontrar.

Vai lá, minha garota! Arrasa!"

Sim, somos as suas garotas.

Mãos à obra, meninas!

Existe um caminho de felicidade à frente, esperando por cada uma de nós.

FONTE Palast Var, Mrs Eaves XL Serif
PAPEL Pólen Natural 80 g/m²
IMPRESSÃO Meta